Die schönste Frau der Welt neben mir

Christian Schmidt

Die schönste Frau der Welt neben mir

OMNINO.

Impressum

Bibliografische Informationen der Deutschen Nationalbibliothek
Die Deutsche Nationalbibliothek verzeichnet diese Publikation in der Deutschen Nationalbibliografie; detaillierte bibliografische Daten sind im Internet über http://dnb.d-nb.de abrufbar.

ISBN: 978-3-95894-211-0 (Print) // 978-3-95894-212-7 (E-Book)

E-Book-Herstellung: Open Publishing GmbH

Die schönste Frau der Welt liegt neben mir im Bett
Ich schau sie an, sie schaut zurück
dass fast mein Herz zerbricht

Die schönste Frau der Welt halte ich in meinem Arm
Ich halt' sie fest, so fest an mich gedrückt
dass fast mein Herz zerbricht

Die schönste Frau der Welt küss' ich auf den Mund
Ich schließe meine Augen
als fast mein Herz zerbricht

Die schönste Frau der Welt geht fort aus meiner Welt
Ich lasse los, was mich festhält
als dann
mein Herz
zer bricht

Sonntag 29.10.2017

Meine Sachen liegen bereit: Klamotten, Schuhe, Waschtasche, Laptop, Kamera, Gitarre, Kopfkissen, Matratze. Es fühlt sich an, als ob ich in den letzten Wochen nur noch umziehe und irgendwie ist es ja auch so. Kurz überlege ich, ob ich die Matratze hierlasse. Zum Glück entscheide ich mich dagegen und somit für ein weiteres Mal Hoch- und Runterlatschen.

Das Auto ist vollgestopft. Ein kurzer Stopp an der Tanke und dann noch eine letzte Runde mit meiner Leihhündin Leja Gassi gehen. Hinterher gibt es Kaffee mit Frauchen Henrike, bei der wir ihre Geburtstagsfeier und die Nachwehen um Micha und Marie besprechen. Micha ist sauer, weil er denkt, dass Henrike sich vor ihrer Zweisamkeit drückt. Henrike sagt, eine Party und Zweisamkeit schließen sich aus. Ich kann beide verstehen.

Ich bin nach dem Aufeinandertreffen mit Marie wie immer verwirrt, hoffnungsvoll und traurig zugleich. Als sie die Treppe zur Terrasse hochläuft, pocht mein Herz, und ich weiß nicht so recht, wohin mit mir. Ich hatte nicht damit gerechnet, dass sie kommt, und bin doch froh, dass sie da ist. Obwohl ich selbst ein paar Tage zuvor Funkstille erbeten hatte. Nachdem die ersten Gäste gegangen sind, sitzen wir allein am Feuer, schauen uns in die Augen und berühren uns mit den Füßen. Drei Sekunden später kuschelt sich meine Frau neben mich auf die Hollywoodschaukel. Ich liebe sie so sehr und ich spüre, sie liebt mich ebenso. Wir küssen uns, umarmen uns und wissen beide nicht, was das ganze Theater eigentlich soll. So scheint es zumindest.

Ein paar Minuten später begleite ich sie zum Auto. Ich küsse sie nochmal, als sie das Fenster herunterlässt, und bleibe verwirrt zurück, als sie fährt. Henrike hört wie immer geduldig zu und gibt mir Kraft, einfach nur, weil sie da ist.

Dann ist es Zeit, sich auf den Weg nach Barnow zu machen. Nach eineinhalb Stunden Fahrt komme ich an und stehe nun vor dem schönen alten Gemäuer, das die Wohnung als auch die Werkstatt von Tischlermeister Gerhard Hoffmann beherbergt. Gerhard öffnet mir die Tür. Er ist 58 Jahre alt, knapp zwei Meter groß, hat lange, graue Haare und kräftige Hände, wie sie wohl jeder Tischler hat.

Als erstes zeigt er mir die Ferienwohnung bei der Nachbarin. Hier werde ich also die Wochenenden verbringen, um Gerhards Freundin, die immer am Samstagvormittag kommt und am Sonntagabend wieder fährt, nicht zu stören. Was Mann nicht alles für Frau tut. Kenne ich irgendwoher. Aber mir soll es recht sein. Wer weiß, vielleicht bin ich froh, das Wochenende für mich zu sein.

Die Ferienwohnung hat eine Fußbodenheizung, und die zeigt, was sie kann. Auf 23 Grad hat die alte Dame sie eingestellt. Bullig warm! Ansonsten gibt es ein lila gemustertes Sofa Mitte 90er-Jahre, hässliche Korbstühle in der Wohnküche, eine steinharte Matratze im Schlafzimmer sowie sonstige Grässlichkeiten an und vor den Wänden. Egal, es ist alles da, was ich brauche, und es ist warm. Bullig warm!

Montag 30.10.2017

Um 6:30 Uhr klingelt der Wecker. Ich dusche und frühstücke. Zum Glück habe ich von zu Hause die restlichen Lebensmittel aus dem Kühlschrank eingepackt. Dann ziehe ich zum ersten Mal die neue Latzhose und die neuen Arbeitsschuhe an.

Gerhard öffnet mir die Werkstatttür und dann geht es, wie angekündigt, direkt los. Wir beladen den Transporter mit geleimten Rubinien-, Douglasien- und Birkenplatten und bringen sie zum Fräsen nach Dalgow. Aus dem Material sollen zwei Treppen für seinen Anbau gefertigt werden.

Auf der 45-minütigen Fahrt ist Zeit zum Reden. Gerhard erzählt, wie er aus Osnabrück stammend in Kanada landet, dort einige Jahre als Tischler arbeitet, schließlich ein Grundstück kauft und zusammen mit seiner Frau auswandern möchte.

Es ist 1991, Zeit der Wiedervereinigung. Mittlerweile stürmen die Ossis die geöffneten Grenzen. Auch die nach Kanada. Ihr Ausreiseantrag wird abgelehnt. Keine Chance! Kanada stoppt (nicht nur) den „Ossi-Sturm“ und macht die Grenzen dicht. Also landet er mitsamt seiner Werkstatt und Frau in Meck-Pomm. Als sie sich ein paar Jahre später trennen, bleibt Gerhard allein in Barnow zurück.

Die Tischlerei in Dalgow ist in einer schönen alten Scheune versteckt. Der kleine, drahtige Tischlermeister leimt, sägt, schleppt, schleift und klotzt in einem fort wie ein Duracellhase, während wir gelangweilt der Fräse zuglotzen. Der Tischlergeselle bedient das beeindruckende Monster von circa sechs mal zwei Metern. Ihr Kopf saust von links nach rechts und hinterlässt neben einem Berg Spänen nach ein paar Minuten jegliche erdenkliche Form aus Holz. Geil! Was das Ding wohl kostet, frage ich mich.

So beeindruckend das Ganze auch ist, nach den ersten drei, vier fertigen Stücken schwindet das Interesse und weicht gelangweiltem Warten mit gelegentlichem Beobachten des Duracellzwergs. Das Fräsen zieht sich bis zum Nachmittag. Als wir endlich den Rückweg antreten, bin ich durchgefroren und krank.

Zurück in Barnow, laden wir die fertigen Teile aus. Anschießend zeigt mir Gerhard meine Bleibe. Ich penne im alten Kinderzimmer. Hier stehen drei Betten und zwei vollgestopfte Regale mit Spielsachen. Als Krönung zieren unzählige Comicaufkleber eine breite Holzplanke an der Fensterseite. Kacke! Ich fühle mich hier überhaupt nicht wohl und bin heilfroh, dass ich wenigstens meine eigene Matratze dabeihabe.

Ebenso wenig gemütlich wie einladend ist das Wohnzimmer. Ein Esstisch, ein paar Schränke, ein ausgestopfter Waschbär und ein grünes Sofa lassen alles Mögliche aufkommen, aber kein Wohlbehagen. Ich freue mich jetzt schon aufs Wochenende!

Dienstag 31.10.2017

Die Nacht war eine einzige Tortur. Ich musste ungefähr zehn Mal pinkeln und habe mich ansonsten mehr hin und her gewälzt als gepennt. Entsprechend sehe ich am nächsten Morgen aus und höre mich auch so an ... beschissen!

Beim Frühstück erzählt mir Gerhard, wie er am ersten Tag seiner Tischlerausbildung auf einen rostigen Nagel getreten ist und zwei Wochen ausfiel. Mir wäre der rostige Nagel sehr viel lieber gewesen als schon wieder diese verdammte Sinusitis. Aber was soll's. Nachdem ich bereits die letzten sechs Wochen immer wieder am Sinusitisabgrund gekratzt habe, bleibt jetzt zumindest die Hoffnung, dass es mir nach dem Absturz wieder bessergeht. Ich schleiche mich zurück ins Kinderzimmer zum Gesundschlafen und muss an Marie denken. Ich vermisse sie!

Am Nachmittag steht Lämmchenschlachten auf dem Plan. Gerhard fragt, ob ich beim Zusammentreiben helfen kann. Ich kann, aber weiß noch nicht so recht, ob ich beim Schlachten dabei sein will. Die Neugier siegt.

Bolzenschussgerät und Messer liegen bereit. Die Schafe sind im Stall eingesperrt und wissen genau, was läuft. Ihren Rufen zufolge wissen es die sonstigen tierischen Hofbewohner (Gänse, Hühner und Pfauen) ebenfalls. Gerhard öffnet vorsichtig die Stalltür und geht hinein. Ich warte draußen und beobachte, wie er das erste Vieh unter starker Gegenwehr an den Hörnern aus dem Stall schleift. Kaum zu glauben, dass dieses mächtige „Lämmchen“ erst sechs Monate alt ist. Während Gerhard das Tier zu Boden drückt, ziehe ich das Bolzenschussgerät auf und reiche es ihm. Er setzt es dem Lamm an die Stirn. Dann folgen ein dumpfer Schuss und ein Schnitt durch die Kehle. Die Muskeln des Tiers wehren sich noch dreißig Sekunden lang, bevor auch sie endgültig verstummen.

An den Hinterläufen hängen wir das Tier mit Fleischerhaken an eine Leiter. Mit geübten Griffen und Schnitten zieht Gerhard das Fell ab, trennt den Kopf vom Hals und nimmt die Innereien heraus. Ich schaue zu und bin überrascht, wie normal ich das Ganze finde, obwohl ich es vorher noch nie erlebt hatte. Kein Ekel, kein Unbehagen ... naja, nur ein kleines Bisschen. Ich denke, das Fell abzuziehen, würde ich mir sogar selbst zutrauen. Aber daraus wird nichts. Der Nachbar kommt jetzt zum Helfen dazu und ich frage nicht nach meiner Chance. Ich gehe wieder nach oben. Ausruhen, Tee trinken, pinkeln. Als ich etwas später aus dem Badfenster schaue, baumeln vier abgezogene Lämmer am Holzlager. Die Hofkatze Casio bewacht sie noch bis zum nächsten Tag, schnüffelt und schleicht immer wieder um sie herum, aber so sehr sie sich auch bemüht, sie kommt nicht heran. Ich beschließe sie wegen der schwarzen Schnurr- und Zickenbartzeichnung Inspektor Clouseau zu nennen.

Am Abend gibt es Stulle mit Brot und den WLAN-Zugang. Gerhard hat wirklich null Komma null Ahnung von Computern, Internet und dem ganzen anderen „Digitalisierungskram", wie er es nennt. O-Ton: „... da geht es doch immer um Balken oder so!?" Ich fühle mich noch immer nicht wohl, bekomme jedoch genügend Balken, um zum Videostreaming zu flüchten. Nach zwei Folgen „Shameless" und einer weiteren Kanne Tee horche ich an meiner Sieben-Zonen-Matratze.

Mittwoch 01.11.2017

Diese Nacht war genauso beschissen wie die letzte. Ich stehe wie verabredet um kurz nach sieben auf, gehe in die Küche und beschließe, statt auf Gerhard zu warten, einen Zettel zu schreiben und mich wieder ins Bett zu verkriechen. Gegen neun Uhr bin ich wieder wach, gehe duschen und frühstücken. In den letzten zwei Tagen habe ich ein ganzes Brot verdrückt, dazu einige Sahnekefir verschlungen und unzählige Kannen Tee geleert. Gerhard fragt sich sicher schon, wie das wird, wenn ich erst einmal gesund bin. Aber mir ist es egal. Es geht mir scheiße, ich habe Hunger und kann, außer essen und schlafen, eh nichts tun. Denn nach jedem Sinusitisabsturz brauche ich genau eine Woche, um wieder auf die Beine zu kommen.

Gegen Mittag ziehe ich meine abgewetzte Skihose, meine alte Winterjacke und meine neuen Gummistiefel an und gehe raus auf den Hof. Gerhard sagte was von abgeschnittenen Zweigen einsammeln, und so latsche ich mit Gleichgültigkeit und dem Schubkarreneisenschwein, welches sich nach einer Luftpumpe sehnt, über die Schafkoppel. Meine Gedanken sind immer wieder bei Marie. Eine Stunde Schubkarre und Matsch reichen mir. Dann gehe ich nach oben und schaue mir alte Fotos auf dem Laptop an. Ich vermisse sie und würde am liebsten sofort zum Handy greifen, nur um kurz ihre Stimme zu hören.

Die Uhren auf dem Land ticken langsamer. Die Uhr von Gerhard scheint jedoch zu kriechen und ich frage mich, wie man Tischlermeister, Falkner, Bootsbauer, Holzkunstschnitzer, dreifacher Vater, Auswanderer, Windsurfer und was weiß ich nicht noch alles werden und sein kann mit dieser Geschwindigkeit. Tja, in der Ruhe liegt die Kraft und Gerhard ist der lebende Beweis.

Gerhards Holzkunstschnitzereien und Malereien hängen überall und ich kann sie alle nicht leiden. Die vielen kleinen Notbehelfe hier und da schon gar nicht! Eine Taste der Klospülung ist abgeklebt, weil sie defekt ist. Die Wanne muss man trockenwischen, weil das Silikon schlecht gemacht ist. Überall sind kleine Zettel mit Terminen, Notizen und Erinnerungen verteilt, die auf jeden Fall genau dort liegenbleiben müssen, wo sie sind, sei es auf dem Tisch, der Treppe oder mitten auf dem Küchenboden. Der Kühlschrank ist vollgestopft, der Abwaschlappen stinkt und anstatt eines Brotkastens gibt es eine Plastiktüte, die wahrscheinlich schon ihren zehnten Geburtstag feiert. Ich versuche mich in Gleichgültigkeit. Das funktioniert zumindest teilweise, auch aufgrund meiner über die Jahre fast unveränderten, sehr toleranten Ekelgrenze.

Zum Abendbrot gibt es Lammleber mit Kartoffeln, Zwiebeln und Apfelringen. Ich bin gespannt, wie das selbstgeschlachtete Lämmchen schmecken wird. Leber ist ja immer so eine Sache. Die Arbeit an den Kochtöpfen teilen wir uns. Ich starte mit den Zwiebeln und den Kartoffeln. Gerhard übernimmt die Leber. Er schneidet sie in dünne Scheiben, wendet sie in Mehl und brät sie gut durch. Sieht auf jeden Fall schon mal lecker aus. Ich kümmere mich derweilen um die Apfelringe und den Tisch. Dann ist es soweit. Noch etwas zögerlich nehme ich mir zwei kleine Stückchen Leber und koste erst alles andere. Mmmh ... für den Fall, dass die Leber wie Leber schmeckt, werde ich davon auch satt. Aber das muss ich gar nicht, schon nach dem ersten Stück weiß ich, das Lämmchen ist nicht umsonst gestorben. Das Fleisch ist zart und schmeckt trotz des typischen, aber nicht zu strengen Geschmacks wunderbar. Ich bin jetzt schon auf die Nieren und das Herz gespannt. Die gibt es morgen. Zum Abschluss des Tages genehmige ich mir eine weitere Folge „Shameless" zum gedanklichen Nach-Hause-Flüchten und dann geht es ab ins Bettchen.

Donnerstag 02.11.2017

Heute Morgen flüchte ich nun tatsächlich nach Hause, sprich: zurück nach Berlin. Nachdem auch die letzte Nacht so beschissen war wie die vorherigen beiden und der Tiefpunkt des Absturzes anscheinend noch nicht erreicht ist, will ich einfach nur nach Hause. Die Tatsache, dass mein neues Handy auf der Post liegt und persönlich mit Ausweisvorlage abgeholt werden muss, rechtfertigt das Ganze in meinem Kopf. Ich bin froh, dass der Nachsendeauftrag nicht funktioniert hat.

Als ich im Auto sitze, fühle ich mich erleichtert. Die Ereignisse der letzten zwei Monate haben einiges losgetreten. Eine Erkenntnis führte dazu, dass ich mir selbst das Versprechen abnahm, nie wieder gegen meinen Bauch zu entscheiden. Sei es beim Auswählen des Essens im Restaurant oder der Entscheidung, wo und wie ich in Zukunft mein Geld verdienen werde. Wenn ich heute auf mein bisheriges Leben zurückschaue, muss ich leider sagen, dass ich immer wieder mit dem Kopf und damit gegen meinen Bauch entschieden habe – angefangen von der Ausbildung zum Kaufmann über die Zeit als selbstständiger Plattenladenbesitzer bis hin zu meinem nun bald zehnjährigem Jubiläum als IT-Techniker (welches ich auf keinen Fall feiern möchte).

Auf meinen Bauch zu hören, muss ich regelrecht trainieren, und nutze daher jede noch so kleine Entscheidung als Sparringspartner. Bis jetzt fühlt es sich sehr gut an, und vor allem immer richtig. Und doch bin ich froh darüber, dass alles genau so gekommen ist, wie es gekommen ist. Denn vielleicht war sogar die Entscheidung, bei Marie zu bleiben, anfangs eine Kopfentscheidung. Später wurde daraus ein verworrener Kampf zwischen Kopf und Herz. Ich hatte mich nicht in Marie verliebt, wie konnte ich sie da überhaupt lieben? Der Kopf rief: Nein, nein, nein!!! Und das Herz rief: Doch, doch, doch!!! Du liebst sie!!! Und so führte mich meine Liebe nach mehreren Trennungen immer wieder zurück zu ihr. Marie spürte diese Liebe, lange bevor ich sie selbst spürte bzw. mein Kopf sie zulassen konnte. Anders hätte sie diese elf Jahre währende Achterbahnfahrt wohl nicht überstanden. Keine einzige Sekunde unserer gemeinsamen Zeit möchte ich missen, egal wie hart und traurig es oftmals war und gerade ist.

Den Rest des Tages verbringe ich damit, mein neues Handy einzurichten und meine neue Telefonnummer zu verbreiten. Nebenbei gibt es heiße Fußbäder, Hühnersuppe und eine Folge „Shameless“. So überspitzt diese Ami-Serie auch ist, sie trifft den Nagel auf den Kopf, was die Darstellung des Lebens als komplettes Chaos betrifft, das man nicht beeinflussen kann, aber bestreiten muss.

Freitag 03.11.2017

Viel geschlafen habe ich wieder nicht. Aber die gute Nachricht ist, meine Nase ist jetzt komplett zu. Ich kenne jede Sinusitisphase in- und auswendig. Diese bedeutet, dass es jetzt langsam bergauf geht.

Bevor ich gestern abgefahren bin, hatte ich mit Gerhard vereinbart, dass ich mich am Sonntag melde und Bescheid gebe, ob und wann ich wiederkomme. Die Entscheidung brodelt seither zwischen meinem Kopf und meinem Bauch hin und her. Der Bauch sagt: Ich will da nicht wieder hin! Ich fühle mich dort unwohl! Mein Kopf sagt: Ja, im Kinderzimmer pennen ist Kacke. Da hast du Recht! Aber dafür gäbe es eine Lösung. Du ziehst einfach in die Ferienwohnung nebenan und bist nur zum Arbeiten und zum Essen da. So hast du deine Ruhe, es kostet nicht die Welt und vielleicht gibt Gerhard was dazu. Du wolltest tischlern! Das war eine reine Bauchentscheidung! Du hast noch nicht mal einen einzigen Tag in der Werkstatt gestanden, wie kannst du da einschätzen, ob du das willst oder nicht? Na gut, antwortet der Bauch, wir kurieren uns aus, machen die Ferienwohnung klar und tischlern. Das wird uns guttun und für etwas Ablenkung sorgen. So ist es, erwidert der Kopf. Immer nur Bauch allein ist eben auch Kacke.

Ich gönne meinen Schleimhäuten einen Besuch in der Salzgrotte und kaufe hinterher Brötchen für das morgige Frühstück mit Marie. Tja, es hat genau eine Nachricht von ihr mit einem Bild von Briefumschlägen und dem Wort „Post!?“ ausgereicht, um meine Funkstilleabsichten zunichtezumachen. Ich kann nicht anders und frage, wie es ihr geht, schicke ihr mein bisheriges Tagebuch per E-Mail und frage sie, ob ich vorbeikommen kann. Post holen und vielleicht etwas zusammen essen. Ein paar Nachrichten später sind wir für Samstag zum Frühstück verabredet. Kopf gegen Bauch ist kein Problem. Kopf gegen Herz ist einfach nur aussichtslos. Großartig! Genau da, wo es tatsächlich sinnvoll wäre, verliert mein Kopf jedes Mal.

„Shameless“, Zähne putzen, pennen ... Vorfreude! Fragt sich nur, worauf!?

Samstag 04.11.2017

Noch bevor der Wecker klingelt, bin ich wach. Es ist kurz vor acht Uhr. Ich gehe duschen, ziehe mich an und sitze auch schon im Auto. Ich kann es kaum erwarten, Marie zu sehen und sie in den Arm zu nehmen. Doch ich beschließe, sie nicht auf den Mund zu küssen. Wir sind schließlich getrennt und da muss etwas Abstand sein!

In schwarzen Leggings, kombiniert mit einer dunkelblauen, kuscheligen Wohlstrickjacke, öffnet sie mir die Tür. Leger, aber sexy, und definitiv eines meiner Lieblingsoutfits. Mein Vorsatz hält noch nicht mal bis zum Schuheausziehen. Oh verdammt, wie ich diese Frau liebe!

Frische Brötchen, Kaffee, Rührei, meine Frau mir gegenüber an unserem Massivholz-Esstisch, unsere Katze schnurrend auf meinem Schoß ... wir reden, lachen, weinen, umarmen und küssen uns. Von mir aus könnte dieses Frühstück niemals enden. Mittagsschlaf, kuscheln, ein langer Spaziergang, zusammen einkaufen, Abendbrot kochen, essen, wieder weinen, wieder kuscheln und eine Doku schauen über Holzhandwerksberufe (wie passend). Unser „Frühstück" endet um 23 Uhr.

So wunderschön der Tag auch war, so traurig bin ich, als ich im Auto sitze und den Rückweg antrete. Alles ist so vertraut und fühlt sich dennoch anders an. Alles ist so schön und dennoch vielleicht für immer vorbei. Erst jetzt wird mir bewusst, wie tief das Loch ist, in das ich gefallen bin. Ich bin 37 Jahre alt und fange wieder bei null an, privat als auch beruflich. Ein paar Minuten später, als würde Marie meine Gedanken lesen, schreibt sie: „Bitte erinnere dich an deine eigenen, weisen Worte. Ich liebe dich, egal was passiert. Tausend Küsse!"

Hallo Sweety,

nichts von dem, was gerade passiert, ist endgültig. So oft waren wir getrennt und doch hat uns unsere Liebe immer wieder zusammengeführt.

Wenn wir es beide wollen und wenn es sich richtig anfühlt, wird sie es wieder tun. Ganz egal, wo wir sind und was wir dann arbeiten.

Ich glaube genau dazu ist diese Zeit da, um herauszufinden, was wir wollen und ob unsere Wege in die gleiche Richtung führen.

Doch ganz egal was passiert, wir lieben uns aus tiefstem Herzen!

Und das bleibt für immer!

Kuss
Dein lieber Mann

PS.:
Du bist kein Opfer der Dinge, die um dich herum geschehen. Ganz im Gegenteil Du kannst immer etwas tun. Wenn Du nicht weißt, was du tun sollst und wie, dann finde es heraus oder probiere es aus. Bis dahin akzeptiere einfach, dass es im Moment so ist, wie es ist. Man kann eine Treppe nur Stufe für Stufe hinaufgehen. Bewege Dich und es wird sich etwas bewegen.

Sonntag 05.11.2017

Am Abend huste ich nun so stark, dass es ewig dauert, bis ich einschlafen kann. Auch das kenne ich schon. Gegen neun Uhr bin ich wach, nachdem ich geduscht und gefrühstückt habe, überlege ich, wie ich mich über den Tag retten kann. Ich gehe meine Telefonkurzwahlliste durch. Einige haben keine Zeit. Andere haben Kinder. Bei ihnen rufe ich gar nicht erst an. Es gibt nichts, was mir im Moment mehr vor Augen führt, wie viele Lebensjahre ich mit Nichtigkeiten verplempert habe, als Freunde zu besuchen, die schon lange eine eigene Familie haben.

Mein Bruder Benedikt ist bei Freunden zum Kaffee eingeladen. Ich klinke mich ein und lasse mich (nun doch) vom Lärm und Gewusel der insgesamt vier Kinder sowie Zupfkuchen und Kaffee betäuben. Sabbern, Kreischen, Wuseln, Anziehen, Ausziehen, Sabbern, Kreischen, Wuseln etc. pp. Umso überraschender und schöner, dass wir trotzdem etwas Zeit zum Unterhalten finden. Als ich nach Hause fahre, geht es mir besser und ich beschließe, mich mehr meinen sozialen Kontakten zu widmen. Kinder hin oder her.

Wie verabredet, rufe ich Gerhard um neunzehn Uhr an und sage ihm, dass ich entweder am Mittwoch- oder Donnerstagabend zurückkomme. Danach melde ich mich bei Frau Mattes wegen der Ferienwohnung. Die alte Dame würde mich wahrscheinlich sofort als Sohn oder Enkel adoptieren, wenn sie könnte. Ich spreche langsam, laut und lege erst auf, nachdem ich einige Male wiederholt habe, wann ich ankomme, sie jedes Mal erwidert hat, dass der Schlüssel steckt, und ich mich für alles bestimmt zehn Mal bedankt habe. Menschliche Kommunikation kann so schön sein! Ich muss unweigerlich an Gerhards Aussage zum ganzen „Digitalisierungskram" denken: „Ich glaube, die Menschheit tut sich damit überhaupt gar keinen Gefallen." Ja, er hat Recht.

Montag 06.11.2017

Große, grüne Rotzebatzen verlassen seit ein paar Tagen meinen Körper durch Mund und Nase. Herrlich, es geht weiter bergauf!

Außer etwas gegen den Husten zu besorgen und eine Runde mit Leja im Wald spazieren zu gehen, passiert heute nicht viel. Ich fühle mich wie ein Rentner! Und genau das ist es, was ich am meisten an dieser Sinusitiskacke hasse (obwohl das ein knappes Rennen mit dem heftigen akuten Brennen ist). Wenn man die paar Kinder mal abzieht, liegt der Altersdurchschnitt in Salzgrotten mindestens bei sechzig. Das Apothekensortiment gegen Reizhusten kenne ich auswendig. Naja, da gibt's auch nicht viel. Entweder das pflanzliche Zeug (hilft gar nicht) oder das Chemiezeug (hilft auch nur bedingt). Hühnersuppe koche ich mittlerweile blind. Und den ganzen Tag im Bett Filme zu glotzen, während um mich herum alle arbeiten, vorankommen und ihre Leben leben, fühlt sich einfach nur Kacke an. Ganz abgesehen vom Zuschütten mit Tee, so dass man ständig aufs Klo rennen muss. Ein 37-jähriger Rentner zu sein, macht mich fertig!

Nachdem es mir die letzten vier Woche jeden Tag scheiße ging (mal mehr, mal weniger), wusste ich, dass mich irgendwann ein kleiner Schubser den Abgrund hinunterbefördern würde. Nur hatte ich gehofft, dass es nicht während des Tischlerpraktikums passieren würde. Ob ich überhaupt die Kondition aufbauen kann, um als Handwerker zu arbeiten, weiß ich nicht. Aber ich habe schon lange keinen Bock mehr, meine Vorhaben auf Sinusitisrisiko zu überprüfen. Und dennoch ploppt der Gedanke immer wieder auf. Es ist, als wenn jemand zu einem sagt: „Denk jetzt bloß nicht an ein lila Kamel!" Plopp!

Egal wie es mir am Mittwoch geht, ich werde hier nicht weiter rumrentnern, sondern wieder zu Gerhard fahren.

Dienstag 07.11.2017

Trotz Husten schlafe ich mittlerweile ganz gut. Der erste Gedanke, der mich weckt, ist jedoch seit Wochen der gleiche: Marie! Meistens ist es eine Mischung aus Enttäuschung, Trauer und Wut. Unzählige Male habe ich jeglichen Aspekt und jede Ursache unserer Trennung durchdacht, gedreht, gewendet, bis ins Detail analysiert und dann wieder von vorne begonnen. Kopfmenschen-Style eben. Ich versuche, das Wesentliche zu finden. Die pure, nackte, ungeschmückte Essenz. Das mache ich überall so. Beim Musikproduzieren, beim Tagebuchschreiben, und irgendwann einmal werde ich es vielleicht auch beim Tischlern tun.

Die Essenz unserer Trennung kam mir heute Morgen. Es ist kein Wir-haben-uns-Auseinandergelebt, Wir-haben-unterschiedliche-Ziele, Sie-hat-sich-neu-Verliebt oder Wir-haben-uns-Verandert. Das sind Auswirkungen, aber keine Ursachen! Nein, wir haben es ganz einfach nicht geschafft, die nächste Stufe zu nehmen. Auf der Stufe stand z.B. Kompromisse finden, sich in den anderen hineinversetzen und verstehen wollen, unsere Liebe pflegen, eine Familie gründen ... oder oder oder. Die Reihenfolge der Stufen ist (so lange man sie nimmt) ebenso unwichtig wie endlos und die Gründe für unser Scheitern sind ebenso vielfältig wie subjektiv. Ich denke, dass Liebe in einer Beziehung ab einem bestimmten Punkt nichts weiter ist als eine Entscheidung darüber, die Liebe weiter wachsen zu lassen oder nicht. Das Knifflige daran ist, man entscheidet sich bewusst oder unbewusst. Entweder man selbst trifft eine Wahl oder der Chaosgenerator des Lebens trifft sie. Doch ganz gleich wie, es wird immer entschieden. Jeden Tag!

Wahrscheinlich wird diese Erkenntnis nicht dafür sorgen, dass ich morgen mit dem Gedanken ans Frühstück wach werde, aber sie verschafft mir etwas Ruhe und hilft mir dabei, wieder auf die Beine zu kommen.

Mittwoch 08.11.2017

Heute flüchte ich nun also spiegelverkehrt von zu Hause nach Barnow. Meine zwischengemietete Zweizimmerbude in Berlin ist zwar ganz nett eingerichtet (alte Möbel, Bücher, schöne Bilder etc.) und durchaus gemütlich, aber kein Zuhause. Was ein Zuhause ausmacht, habe ich über die Jahre von Marie aufgesogen. Warme, ruhige Farben, Möbel aus Holz mit Charakter und Seele, ein paar schöne kleine Dinge von Herzen und dazu einfach nur Liebe ... fertig! Eigentlich ganz einfach, aber das sind Nudeln mit Tomatensoße auch. Habe ich gestern versucht. Der Herd sah aus, wie es geschmeckt hat: nicht so gut. Kochen ohne Liebe ist nur Lebensmittel aufwärmen.

Frühstücken, Auto vollstopfen, Gassirunde mit Leja, Abfahrt! Das wird langsam zu einem Ritual, und den Weg nach

Barnow finde ich eigentlich auch ohne Navi. Das Unbehagen in meinem Bauch steigt, je weiter die verbleibende Kilometerzahl sinkt. Der Kopf beruhigt, kann das Grummeln aber nicht ganz nehmen. Abendbrot mit Gerhard, Auto ausladen und die Fußbodenheizung wieder auf bullig warm stellen. Das Unbehagen ist weg, als ich in der Ferienwohnung sitze und zur Gitarre greife. Wobei die Gitarre keinen direkten Einfluss darauf hat, denke ich jedenfalls.

A-Dur, D-Dur (bei mir noch Krampf-Dur) und ein paar Fetzen „Nothing else matters“, um die Fingerkuppen an die Schmerzen zu gewönnen. Was für ein geiles Instrument! Man kann es überall mithinnehmen – schon allein das Tragen sieht cool aus – und ich finde, es gibt kein anderes Instrument, das so vielfältig klingen kann. Die Gitarre stand in der Wohnung rum und ich habe sie einfach eingepackt, aus einem Impuls heraus. Bauchgefühl, Alter! Das wird meine Erdung, dachte ich. Schon krass, noch vor wenigen Wochen wusste ich noch nicht mal, was Erdung überhaupt sein soll. Erdung, Erdung!?! Mmh ... ok, ich konzentriere mich voll und ganz darauf, mit beiden Beinen fest auf dem Boden zu stehen ... ja, und nu?!? Als Kopfmensch muss man erst einmal begreifen, dass es zum Grübelkarussell überhaupt ein Pendant gibt.

Das Tagebuchschreiben ist ebenfalls sehr hilfreich in Sachen Erdung. Es ordnet die Gedanken, packt sie in die richtigen Schubfächer und beruhigt. Irgendwann in den letzten Tagen beschließe ich deswegen, so lange weiterzuschreiben, bis ich herausgefunden habe, wer ich bin und was ich bin.

Donnerstag 09.11.2017

Ich belle mich noch immer in den Schlaf. Um kurz nach 22 Uhr liege ich im Bett. Wenn ich fünf Mal husten pro Minute veranschlage, dann würde ich sagen, es braucht circa 1.000 Huster, um endlich einzupennen. Einige Male gipfelt es in einem regelrechten Hustenrausch, den ich kurz vorm Ausspucken der Lunge doch noch irgendwie stoppen kann. Nerv!

Der Wecker klingelt um 6:15 Uhr. Duschen, Müsli und rein in die Arbeitsklamotten. Vielleicht berühren ja schon heute die ersten Sägespäne mein neues Baumwolllatzhöschen!?! Nach knapp eineinhalb Wochen wäre das auf jeden Fall fällig. Aber daraus wird wieder nichts. Gerhard und seine Angestellte Maike montieren heute einen Wandschrank. Ich darf beim Beladen des Transporters helfen und anschließend das Haus hüten.

Also Gerhard ist, wie schon mal erwähnt, ja nicht der Schnellste. Maike aber auch nicht, wie es scheint. Naja, oder sie ist einfach sehr vorsichtig. Die Kombination aus Kriechspeed und Pedanterie macht das Verladen zu einem echten Schauspiel. Ich bleibe geduldig, halte die Bretter und die Klappe.

Als die beiden endlich losfahren, schnappe ich mir Harke und Schubkarre. Meine erste Aufgabe lautet, Laub von einem Ende des Grundstücks zum anderen zu fahren. „Landgewinnung" nennt Gerhard das Ganze, da sein Grundstück an einen Sumpf mündet. Ich verstehe zwar nicht, was das Ganze soll, da in meinen Augen schon genug Land vorhanden ist, aber egal. Ich harke und karre so lange, bis ich einige Quadratmeter Laubland gewonnen und jegliche Motivation verloren habe.

Also Gärtner bin oder werde ich auf keinen Fall! Da sind sich Kopf und Bauch zu einhundert Prozent einig.

Als ich mit der Mittagspause fertig bin, kommen Gerhard und Maike zurück. Eine Stunde früher als geplant. Ich bin beeindruckt! Dann ist es endlich soweit. Ich hole meine Ohrenschützer aus dem Auto, schalte die Bandsäge ein, atme tief durch und genieße das erste Zzzzsszszzzszztt beim Holzrestesägen für den Ofen! Die Werkstatt ist vollbesetzt: Gerhard, Maike, ihr Labrador Wilma, Inspektor Clouseau und ich. Allesamt wuseln wir zufrieden noch ein, zwei Stunden vor uns hin.

Mein Feierabendbier zische ich unter der Dusche. Geile Idee! Als ich fürs Abendessen wieder rübergehe, steht Gerhard bereits am Herd. Es gibt Pasta mit Tomatensoße, die auf jeden Fall besser schmeckt als mein Versuch vor zwei Tagen, und dazu alte Fotos vom Ausbau des Hofs. Ich bin wieder einmal geplättet von Gerhards Slomo-Power. Das gesamte Haus war nicht nur ein riesiger Stall, sondern auch noch in einem Zustand jenseits von Gut und Böse. Dazu kommt im November '92 noch „Hermine". Der Sturm setzt dem Bauwerk ordentlich zu, so dass ein Jahr Arbeit mehr oder weniger umsonst ist. Und dennoch wird die Bude nach sechs Jahren fertig. Wohlbemerkt geht Gerhard währenddessen Vollzeit arbeiten und zeugt dazu noch das ein oder andere Kind. Soviel Zeit muss sein!

Als sich seine Frau von ihm verabschiedet, weil sie das Landleben erschlägt, war er drauf und dran, alles hinzuschmeißen. Doch er tut es nicht, und als er das Fotobuch zuklappt, sagt er: „Hier zu bleiben, war die beste Entscheidung meines Lebens!".

Sein Gesichtsausdruck ergänzt in meinem Kopf: „Ich bin angekommen und glücklich als Tischler und Barnowianer!" Genauso zufrieden grinsend werde ich irgendwann mal sagen, wer ich bin und was ich bin. Darauf freue ich mich schon!

Freitag 10.11.2017

Der Wecker klingelt um 6:15 Uhr und beendet eine weitere zu kurze Nacht. Das waren gestern zwei bis drei Schubkarren Ofenholz zu viel. Und natürlich hatte ich es gemerkt und natürlich hatte ich dennoch weitergemacht. Am Abend gab es die Quittung in Form von Kopfschmerzen und nochmal tausendmal Husten, bevor ich einschlafen konnte. Dementsprechend gerädert latsche ich rüber zum Frühstück. Heute alles piano, dann wird's gehen.

Den Vormittag verbringe ich damit, Gerhards Schlafzimmerdekodeckenstern aus Echtholzfurnier sowie den dazugehörigen Vollholzrahmen zu schleifen. Leim entfernen und Kanten brechen (Fachjargon). Apropos brechen. Wie das Ding die Decke verschönern soll, ist mir ein Rätsel.

Am Nachmittag geht es nach Neustrelitz. Apotheke, Holzhandel und Einkaufen stehen auf dem Plan. Als wir das Ortseingangsschild passieren, fragt mich Gerhard, ob ich schon mal hier war. Bestimmt, aber keine Ahnung wann, antworte ich. Ein paar Straßen weiter weiß ich es: Letztes Jahr, Sommerurlaub mit Marie und Leja. Für mich einer der schönsten Urlaube, die wir je hatten. Für Marie leider nicht, wie ich ein paar Monate später erfahre. Unsere Ferienwohnung war ganz in der Nähe und so sind wir zum Einkaufen meist hierhergefahren. Zentrum, Schlosspark, Aldi ... Stadtführung beendet. Regen, Kälte, grauer Himmel, keinen Bock ... auch nicht dazu, Gerhard aufzuklären, während er den Stadtführer mimt.

Als ich vor ein paar Wochen mit meinem Freund Kurt über die Trennung spreche, verrät er mir sein Trennungsritual. Er schnappt sich jegliche Andenken, fährt zum U-Bahnhof Tierpark, stopft dort alles in einen auserkorenen Mülleimer und geht ... Punkt. Tja, ich bin schon stolz darauf, dass ich es geschafft habe, zu Hause kein Bild von uns aufzustellen (bzw. ich es vor kurzem weggeräumt habe), und dass ich Marie aus meiner Kurzwahlliste gelöscht habe (Digitalisierungskram - fast so emotional wie Liebesbriefe verbrennen). Es gibt aber auch nichts, was mich nicht an Marie erinnert. Meine Hausschuhe sind ein Geschenk von ihr. Mit den Ohrenschützern standen wir zusammen immer am Mixer in der Küche. Mein Autokennzeichen beinhaltet ihr Geburtsdatum. Meine Thermoskanne hat einen Einschlag vom Runterfallen vor unserer damaligen Wohnung ... etc. pp. Ich könnte ewig so weitermachen. Nein, alles wegschmeißen ist keine Option! Auf der einen Seite keine Sekunde missen wollen und auf der anderen Seite alles in den Müll kloppen, macht einfach keinen Sinn! Es muss auch anders gehen ... Punkt.

Nachdem wir wieder zurück sind, säge ich noch ein paar Schubkarren Holzreste, während Gerhard weiter an seinem Stern arbeitet. Dann verabschiede ich mich. Gerhard macht noch ein bisschen weiter. O-Ton: „Es macht gerade solchen Spaß!“ 45 Jahre ist Gerhard bereits Tischler. Keine Ahnung, was ich die nächsten 45 Jahre arbeiten werde, ich hoffe nur, ich sage danach genau das Gleiche.

Abends gibt es Erbsensuppe mit Würstchen. Das war meine Idee. Ich kann nicht vieles kochen, aber eine gute Erbsensuppe kriege ich hin. Liebe ist heute auch etwas da oder zumindest Motivation. Dafür fehlen ein Pürrierstab, Sahne und Muskat. Gerhard ist trotzdem begeistert.

Glotze, Gitarre üben, pennen. Der Husten lässt mich in Ruhe, Marie nicht so richtig.

Samstag 11.11.2017

Um acht Uhr sitze ich mit Gerhard beim Frühstück. Erster Punkt der Tagesordnung: (nochmal) Lämmer schlachten. Das Wetter ist gut und der Nachbar ist auch wieder am Start. Doch die letzten sechs Lämmchen riechen schon den Braten (kleiner Kalauer zum heutigen Faschingsbeginn). Kaum dass wir das Gatter öffnen, suchen sie das Weite auf dem Nachbargrundstück. Keine Chance! Meine Lammherzpremiere ist damit also schon wieder verschoben.

Stattdessen machen wir die Weide platt, die wiederum den Zaun zum Nachbarn plattmachte und damit als Fluchthelfer gilt. Das finale Zaunflicken heben wir uns jedoch für den Nachmittag auf. Die Schäfchen müssen erst wieder zurückkommen, sagt Gerhard. Genau das tun sie auch ein paar Stunden später und ich frage mich, warum (außer etwas Heu bekommen sie eigentlich nichts). Wahrscheinlich wissen sie es selbst nicht mal. Doofe leckere Schafe!

Wir werkeln ein paar Stunden in Gerhards Anbau, verputzen die Reste der Erbsensuppe, reparieren den Zaun und machen Feierabend. Mein Plan für den Abend lautet: duschen, nach Neustrelitz fahren, essen, Kino, ab in die „Klapse". Ich bin selbst erstaunt, dass ich es tatsächlich genau so durchziehe.

Im Hotel am Hafen nehme ich das Duett von Ente und Gans. Man man man ... diese Bauchgeschichte ist echt toll! Und wo macht es, bitte schön, mehr Sinn, auf seinen Bauch zu hören, als bei der Auswahl des Essens!?! Mag sein, dass das für die meisten Menschen ganz „normal" ist, für mich aber nicht. Ich schlemme und genieße meine neu entdeckte Bauchfreiheit sowie die flachen Witze der vier Paare Anfang sechzig am Nebentisch. Nach dreißig Minuten bin ich pappesatt von Klößen, Rotkohl, Ente, Gans und Finger-weg-vom-Alkohol-Witzen.

Bis ich das Kino wiedergefunden habe, ist „Mord im Orient-Express" schon fast vorbei. Ich weiche aus auf die Spätvorstellung und „Bad Moms 2". Schlechte Wahl (war mir schon klar)! Entschieden zu viel Weihnachten zum Faschingsanfang und zu wenig Unterhaltung für meine acht Euro. Dennoch ist es ein zumindest ausreichender Zeitvertreib, bis die „Klapsmühle" nebenan tobt. Draußen vor dem Kino zögere ich kurz, packe dann aber doch meine Jacke ins Auto, drücke sieben Euro ab und stehe mittendrin. Dorfdisse pur! Unter beleuchteten Palmen tanzen Eins-zwei-tipp-Pärchen zu Schlagertechno von DJ

Toni, DJ Olli oder DJ irgendwas-anderes-mit-i-am-Ende. Gratis dazu gibt es blödes Geseire zwischen den Titeln, das weder jemanden interessiert, noch jemand versteht. Ich muss kurz durchatmen. Drei Wodka-Energie später zapple ich auf der Tanzfläche. So schlimm ist es gar nicht und ich entdecke sogar einige hübsche Frauen. Mein Bauch kann sich nur leider für keine entscheiden und mein Kopf schafft es trotz Pegel nicht, die Handbremse zu lösen. Um halb drei hänge ich noch eine Stunde dran und bleibe beim Gratiswasser vom Klo. Um halb vier geht es ab nach Hause.

Sonntag 12.11.2017

Um zehn Uhr bin ich wach, jedenfalls genug, um zu entscheiden, nicht weiterzupennen. Ich fühle mich gut und beschließe mein morgendliches Überschütten wieder aufzunehmen. Das Wasser ist verdammt kalt. Geil, so muss es sein! Zweimal kalt überschütten, heiß duschen, nochmal kalt abschrecken und zum Schluss abwärts der Knie wieder heiß abduschen. Diese Tradition pflege ich mittlerweile seit sieben oder acht Jahren. Es soll den Energieknoten im Kopf lösen. Mir tut es auf alle Fälle gut und es härtet ab. Begonnen hatte ich damit auf Anraten meiner so herzlichen wie außergewöhnlichen Heilpraktikerin.

Als ich das erste Mal vor ihr sitze, dauerte es nur wenige Sekunden, bis sie mich liest wie ein offenes Buch. Diagnose: Ungleichgewicht ... zu viel Kopf, das verstopft die Nase (meine Kurzfassung). Ab da an hilft sie mir bei jedem Termin vor allem mit den richtigen Worten. Obwohl ich, außer „Hallo!“ und „Bis zum nächsten Mal!“, nie viel von mir preisgebe (nicht nur ihr gegenüber). Seit ein paar Jahren sehen wir uns zwar nicht mehr, aber sie schickt mir hin und wieder einen kleinen Gruß. Neulich fragt sie aus heiterem Himmel, ob alles ok ist. Ich antworte, dass es mir nicht so gutgeht, weil Marie sich von mir getrennt hat. Sie erwidert, sie habe etwas gespürt und deswegen geschrieben. Diese Frau ist einfach unfassbar!

Nach dem Frühstück fahre ich in die nächstgelegene Kleinstadt. Warum weiß ich selbst nicht. Doofes Schaf! Ein kleiner Spaziergang, dann ist mir langweilig. Ich überlege, was ich noch machen kann, und fahre schließlich weiter nach Neustrelitz, weil mir nichts Besseres einfällt. Dort setze ich mich für zwei Stunden ins Café und schreibe Tagebuch. Ich kriege es aber auch echt immer wieder hin, mir den Dolch nochmal so richtig ins Herz zu rammen. Das Café ist, wie könnte es anders sein, das, in dem ich mit Marie letztes Jahr saß. Dass es nur zwei Cafés im Ort gibt, in denen wir beide waren, macht die Sache jedoch unausweichlich.

Bisher habe ich Marie per E-Mail mit Tagebuchupdates versorgt. Irgendwie wollte ich das alles mit ihr teilen. Auch weil sie liebt, wie ich schreibe. „Das hast du so schön geschrieben!“, war leider auch die bisher einzige Antwort auf meinen vielleicht letzten Brief an sie. In dem ich unter anderem schrieb, wie feige und unfair sie sich verhalten hat. Dass weder ich noch unsere Liebe noch unsere Ehe das verdient hat. Und dass ich ihr verzeihe, weil ich sie liebe. Nun entscheide ich, in Zukunft mein

Tagebuch für mich zu behalten. Sie wollte ihr Leben nicht weiter mit mir teilen, wieso sollte ich meines also noch mit ihr teilen. Klingt verdammt hart. Naja, das ist es ja auch. Vielleicht veröffentliche ich mein Tagebuch irgendwann, stehe damit monatelang auf der Bestsellerliste und verdiene einen Haufen Kohle. Ja, sie wird dafür bezahlen! Ganze neun Euro neunundneunzig!

Heute klappt es mit dem „Orient Express". Als der Film vorbei ist, spiele ich mit dem Gedanken, sitzenzubleiben und mir als Wiedergutmachung für „Bad Bullshit 2" noch den Folgefilm reinzuziehen. Doch meine Thermoskanne ist leer und meine Blase entsprechend voll. Nachdem ich auf Klo war, habe ich keinen Bock mehr und fahre nach Hause. Nach Barnow geht es nach links, nach Berlin weiter geradeaus. Mein Bauch möchte nicht blinken, der Kopf macht es trotzdem und das Herz sagt: „Es gibt gerade eh kein Zuhause, weder in Berlin, Barnow noch sonst wo auf der Welt." Was soll's. Wird schon!

Montag 13.11.2017

Am liebsten würde ich die nächsten 365 Tage einfach überspringen. Ich wache auf, denke an Marie, esse, denke an Marie, arbeite, denke an Marie, arbeite weiter, denke an Marie, esse wieder, denke an Marie, putze Zähne, liege im Bett und denke an Marie, bis ich einschlafe. Übernächste Woche ist ihr Geburtstag, dann kommt Weihnachten und im Januar habe ich Geburtstag. Alles Highlights, das weiß ich jetzt schon. Neulich habe ich ein Buch gelesen über unser emotionales Innenleben.

Fazit: Das Innenleben führt ein Eigenleben, dennoch muss es uns nicht beherrschen.

Nach dem Frühstück geht es in die Werkstatt. Ich lerne, dass eine Schraubzwinge für den Tischler ein Präzisionswerkzeug ist und ab einer bestimmten Größe Knecht heißt. Ganz gleich ob Zwinge oder Knecht, eine meiner Aufgaben lautet heute, alle davon zu ölen. Ich bin begeistert und setze die Aufgabe gleich mal ganz unten auf meine Liste. Die sehr viel interessantere Herausforderung lautet, eine alte Holzleiter zu reparieren. Und das bedeutet sägen, feilen, schleifen (Kantenschleifer sind geil!), leimen, zwingen und vor allem Ablenkung!

Gerhard und Maike leisten ebenfalls einen unterhaltsamen Beitrag. Die beiden sind wie ein altes Ehepaar. Ich habe Gerhard während der ganzen Zeit noch nie aufbrausend erlebt. Doch Maike schafft es, sogar Gerhard zum Fluchen zu bringen. Klein beigeben ist einfach nicht ihr Ding. Gefällt mir! Gerhard anscheinend auch. Immerhin halten sie es schon über zehn Jahre miteinander aus.

Kurz vor dem Mittag kommt die Sonne raus. Ich nutze die Chance für etwas frische Luft, sprich Laub harken und Land gewinnen. Zusammen mit dem Nachbarn schaffen wir es diesmal, die restlichen sechs Lämmer in den Stall zu treiben. Dort bleiben sie bis morgen zum Beruhigen und dann wird geschlachtet. Mein Lammherz schlägt höher.

Nachdem alle Zwingen und Knechte geölt sind, betrachte ich mein Tagewerk. Für das erste Mal Leimen kann sich die Leiter sehen lassen. Feierabend!

Bis ich unter der Dusche stehe, kann ich mich noch zusammenreißen. Dann bezwingt mich mein Innenleben. Ich muss weinen und bin wütend auf die Frau, die mich monatelang belogen und betrogen hat und die ich dennoch liebe. Mein Freund Ullrich hat Liebe für mich auf den Punkt gebracht. In einem unserer vielen Gespräche über das Leben sagte er zu mir: „Liebe tut nichts, sie ist einfach nur da.“ Genau so ist es! Liebe stellt keine Bedingungen und keine Fragen. Liebe kennt keinen Stolz und keine Vorsicht. Sie ist einfach nur da. Und das ist zugleich ihre größte Stärke als auch ihre größte Schwäche.

Dienstag 14.11.2017

Die Schlummertaste ist heute früh mein bester Freund. Ich schaffe es aber dennoch pünktlich zum Gänsefüttern. Diesmal traue ich mich sogar, den Stall zu öffnen. Die Viecher können fauchen wie Katzen! Und da ich immer noch als Eindringling gelte, werde ich mehrmals täglich angefaucht.

Nach dem Frühstück geht es in die Werkstatt. Als Erstes befasse ich mich mit der Leiter. Scharniere richten und ölen, neue Löcher bohren und schließlich wieder alles zusammensetzen. Fertig! Die Leiter hat bestimmt schon fünfzig Jahre auf dem Buckel. Ich wette, jetzt hält sie weitere fünfzig. Dank mir!

Ich bin immer wieder davon beeindruckt, welchen Stellenwert Leimen für den Tischler hat und wie stark diese Art der Verbindung ist. Der Leim dringt durch den Druck in die Holzporen ein und verhärtet. Im Endeffekt ist es also eine Verbindung aus Leim-Holz sowie Leim-Leim. Dabei gilt: Je glatter die Leimfläche, desto besser. Wer hätte das gedacht!

Ebenso beeindruckend ist das Präzisionswerkzeug Zwinge bzw. Knecht. Als wir heute einen neugebauten Schrank zusammenleimen, erlebe ich Gerhards Zwingenskills das erste Mal live. Kurz fluchten (Parallelen per Augenmaß überprüfen), Stichmaß checken (Diagonalen ausmessen und vergleichen), vier der insgesamt zwölf(!) Knechte um ein paar Zentimeter versetzen und der Schrank ist kerzengerade in allen drei Dimensionen. So langsam verstehe ich seine Pedanterie.

Meine nächste Aufgabe heißt, alle Stechmesser schärfen. Kacke, das wird noch öder als Zwingen ölen! Zum Glück stelle ich mich dabei so dämlich an, dass Gerhard von der Aufgabe ablässt. Dann gibt es endlich Mittag!

Während Gerhard schlachtet, verbringe ich den Nachmittag damit, Maike beim Ölen der Treppen zu helfen. Von Gerhard weiß ich, dass sie keine gelernte Tischlerin ist, also frage ich, was sie vorher gemacht hat, und erfahre, dass sie Näherin war, nach der Wende Landwirtin wurde und heute Tischlerin ist. Wow! Auch wenn ihr Werdegang andere Gründe hatte als berufliche Selbstfindung, so macht es mir dennoch Mut. Ich frage mich, warum ich eigentlich Kaufmann für audiovisuelle Medien gelernt habe, wo es doch so geile Berufe gibt (Tischler ist definitiv einer davon). Die Antwort ist einfach: Kopfmensch! Naja, das und der Fakt, dass ich bestimmt dreißig Jahre gebraucht habe, um einigermaßen geradeauslaufen zu können. Zumindest weiß ich jetzt schon mal, dass ich keinen

Job haben will, bei dem ich täglich acht Stunden im Büro sitze. Ich hasse Büros! Bravo, diese Erkenntnis hat nur 37 Lebensjahre gebraucht!

Zum Abendbrot gibt es das langersehnte Lammherzchen mit Kartoffeln, Paprika und Zwiebeln. Brutzel, brutzel ... köchel, köchel ... puste, puste ... kau, kau ... und und und ... hmm, ist nicht meins. Schade!

Mittwoch 15.11.2017

Richtig fit bin ich heute Morgen nicht. Die Arbeit ist verdammt anstrengend und beansprucht meine Bürokondition weit über ihre Grenzen. Kein Wunder, aber genauso sollte es sein! Mein Plan war, meinem Körper keine andere Möglichkeit zu geben, als die Kondition aufzubauen, die ihm beim Tischlern abverlangt wird. Das oder er haut mich um. Ich habe nichts zu verlieren. Außerdem dachte ich mir: Wenn sowohl mein Kopf als auch mein Körper eine Beschäftigung bekommen, die ihnen gefällt, vergessen sie einfach alles andere. So ungefähr: „Moment mal, wann waren wir eigentlich das letzte Mal krank? ... Sagtest du Schrank? ... Verdammt gute Idee! ... Eine Kommode wäre geil, da hab' ich jetzt voll Bock drauf!"

Es sind eineinhalb Wochen vergangen, seit ich Marie das letzte Mal gesehen habe. In der Zwischenzeit gab es keine Nachricht, keine E-Mail und keinen Anruf. Ich bin enttäuscht und traurig, dass sie sich nicht meldet. Aber wahrscheinlich habe ich es damals, als ich der Böse war, ganz genauso gemacht. Der Gedanke hilft trotzdem nicht. Das Funkloch und der eingeschränkte WLAN-Empfang verhindern aber zumindest ständiges Handyglotzen nach nicht vorhandenen neuen Nachrichten. Doch heute Vormittag schreibt sie mir. Sie fragt, ob ich wieder richtig fit bin, und sagt, ihr gefallen die Fotos, die ich geschickt hatte. Im Moment bin ich (wieder einmal) so sauer auf sie, dass ich am liebsten antworten würde, dass es sie nicht mehr interessieren muss, wie es mir geht. Ich warte noch einen Tag und versuche dann, so gleichgültig und lapidar wie möglich zu antworten. Das gelingt mir ganz gut. Was für ein Kindergartenscheiß! Aber was soll ich sonst bitteschön tun, als sie aus meinem Leben zu streichen?! Ich kann noch immer nicht begreifen und schon gar nicht akzeptieren, dass es das gewesen sein soll. Heiraten, Kinder kriegen, Haus bauen, zusammen alt werden. Das war mein Plan oder besser gesagt, bis vor knapp eineinhalb Jahren unser Plan.

Am Vormittag widme ich mich den geölten Treppenstufen und Gerhards Dekodeckenstern. Es ist gerade mal elf Uhr, aber ich könnte auf der Stelle einschlafen. Nach dem Mittagessen erst recht. Aber es geht wie immer direkt weiter. Gerhard hat einen Auftrag für vierzehn Türen bekommen. Juhu! Erste Maßnahme: Das geeignete Holz aus dem Holzlager ziehen. Wir nehmen Douglasie, die hier schon seit 25 Jahren lagert. Oh man, als der Baum frisch aus dem Sägewerk kam, war ich zwölf Jahre alt! Nachdem wir genügend Bretter ausgesucht und grob zugeschnitten haben, bin ich völlig im Arsch.

Kondition aufbauen ist gut, aber das hier ist Selbstmord! Warum sage ich nicht einfach, dass ich nicht mehr kann? Möchte ich Gerhard nicht im Stich lassen? Möchte ich es mir selbst nicht eingestehen? Nein, ganz einfach, ich traue es mir nicht und möchte niemandem zur Last fallen! „Wer nicht sagt, was er will, bekommt nicht was er will.“ Woher dieser Satz stammt, weiß ich nicht mehr. Ich weiß nur, dass ich in den meisten Fällen die Klappe halte und eben nicht bekomme, was ich will. Diese Scheiße fällt mir, im Kleinen wie im Großen, jeden Tag auf die Füße. Wahrscheinlich habe ich mir das, noch bevor ich laufen konnte, von meinem Vater abgeschaut. Der lebte schon immer stillschweigend in seiner eigenen kleinen Welt, ließ niemanden an sich heran und wird deswegen auch genau dort vereinsamt und verbittert sterben. Ich will das nicht!!!

Gerhard zerlegt noch die geschlachteten Lämmer, natürlich helfe ich und halte die Klappe. Dann ist endlich Feierabend. Mein geschwächter Körper lechzt nach Hühnersuppe, welche heute zum Glück sowieso auf dem Speiseplan steht.

Donnerstag 16.11.2017

Als ich heute Morgen aufwache, meldet sich die Sinusitis zurück. Nach dem Tag gestern ist das keine Überraschung. Ich gehe rüber zum Frühstück, lasse Gerhard danach im Stich und haue mich wieder ins Bett. Mein Körper saugt jede Sekunde Schlaf wie ein Schwamm auf.

Um zwölf Uhr bin ich wach und tapere wieder rüber zum Mittagessen. Die restliche Hühnersuppe saugt mein Körper ebenso auf. Danach schnappe ich mir Wilma für einen Spaziergang zum Barnower See. Die Dame ist eine ganz schön wilde Hilde. Ohne Leine wäre sie bei der ersten Fährte auf und davon.

Seit fünf Jahren habe ich keinen Fernseher mehr, doch als ich wieder zurück in der Ferienwohnung bin, bleibe ich bis zum Abendbrot vor der Glotze kleben. Es ist eine Mischung aus Langeweile und Gedankenflucht. Wenigstens schaffe ich es, die Verblödungssendungen zu umgehen. Lesen würde sicherlich auch funktionieren, aber ich habe schon seit Tagen zu nichts Bock. Nicht zum Tischlern, nicht zum Gitarreüben und auch nicht zum Tagebuchschreiben. Genauso liest es sich auch. Ich beschließe, den nicht vorhandenen Schreibfluss zu akzeptieren und trotzdem weiterzumachen.

Zum Abendbrot gibt es wieder Lammleber. Die Aufteilung am Herd (Gerhard Leber, ich den Rest) hat sich bewährt. Guten Hunger! Gute Nacht!

Freitag 17.11.2017

Die Auszeit gestern hat gutgetan. Dennoch ist mein Akku bereits um 9:30 Uhr, nach gerade einmal zwei Stunden Douglasien-Jenga (Zuschnitte aufstapeln zum Trocknen), leer. „Tut mir leid Gerhard, ich muss jetzt aufhören." Geht doch! Nach einer halben Stunde Pause einigen wir uns darauf, dass Gerhard weiter in der Werkstatt arbeitet und ich die Einkaufstour übernehme. Das sollte ich schaffen.

Gerhards Transporter wird den nächsten TÜV wohl nicht mehr überleben. Das Dach ist undicht, die Ladefläche rostet durch und ein abgenagter Schaltknauf steckt lose auf dem

Schaltknüppel. In Sachen Autos liegen wir anscheinend voll auf einer Wellenlänge. Die Dinger müssen nur eines: fahren!

Völlig gleichgültig steuere ich die Schrottkarre Richtung Neustrelitz. Die Sonne taut meine Laune etwas auf und ich genieße die Landschaft. Im Ort angekommen, geht es zum Holzhandel, zum Baumarkt und zu guter Letzt zum Supermarkt inklusive einem ausgedehnten Schnitzelstopp plus Kuchen. Vollgefressen kehre ich gegen 14:30 Uhr zurück, lade die Karre aus und mache einen Nachmittagsschlaf.

Um 16:30 Uhr fahren wir zum Schafehüten. Sie dürfen sich zwanzig Minuten auf der Nachbarweide den Wanst vollschlagen, bevor es wieder nach Hause geht. Morgen darf ich alleine hüten.

Nach dem Abendbrot schalte ich die Glotze ein und schaue zum x-ten Mal „Zurück in die Zukunft - Teil 3“. Es gibt Filme, von denen ich nie genug bekomme. Die „Zurück in die Zukunft“-Trilogie gehört schon allein wegen der perfekten Besetzung mit Michael J. Fox (Marty) und Christopher Lloyd (Doc) definitiv dazu. Zeitkontinuum, Fluxkompensator, Delorian, Hoverboard ... einfach nur geil!

Samstag 18.11.2017

Die Samstage beginnen bei Gerhard statt um sieben Uhr „erst“ um acht Uhr. Das Frühstücksritual ist jedoch das gleiche wie an jedem anderen Tag der Woche. Käse- und Wurstverpackungen kommen aus dem Kühlschrank direkt auf den Tisch. Dazu gesellen sich die antike Brottüte und ein Holzbrettchen plus Messer, für jeden von uns. Akustisch untermalt wird das Gemampfe vom Deutschlandfunk.

Ich verstehe nicht, wie man mit diesem Haufen Plastik auf dem Tisch essen kann. Das hat doch nichts mit einer Mahlzeit zu tun. Das ist höchstens ein Vollstopfen, um die nächsten Stunden zu überleben. Und was, bitte, sollen diese blöden Minibrettchen, die jegliche Brotkrümel abzustoßen scheinen? Ich will, verdammt nochmal, einen Teller, auf dem man auch mal eine Scheibe Käse parken kann, und deshalb nehme ich mir auch einen.

Gerhard möchte gern die Nachrichten hören, also dudelt immer der Deutschlandfunk. Das kann ich verstehen. Aber wieso kann man als Inforadio nicht einfach zum endlosen Gequatsche stehen und die bescheuerten Musikfetzen zwischen den Beiträgen weglassen. Stattdessen Stille oder meinetwegen Papierrascheln, das wäre konsequent! Dazu kommt noch dieses nervige Klavier-Jingle (drei Töne hoch, drei Töne runter) und seit Tagen immer wieder: Jamaikakoalition, Jamaikakoalition, Jamaikakoalition. Zum Ausrasten! Das Wort ist mein persönliches Armutszeugnis für jeden Journalisten, der es noch in den Mund nimmt. Man sollte doch glauben, dass es deren Job ist, kreativ mit Worten umzugehen. Warum nicht mal die Meldung der nie enden wollenden Sondierungsgespräche mit: „Die Ampelkoalition steht immer noch auf Rot", oder: „Auch heute ist die Flutschfingerkoalition geschmolzen, bevor jeder einmal lecken durfte", einläuten. Die Länge der Verhandlungen sowie die Kommentare der Beteiligten sind so lächerlich, dass die Wähler doch wenigstens herzlich darüber lachen dürfen sollten.

Wir stopfen uns voll, danach die Verpackungen wieder in die Schränke und arbeiten an Gerhards Anbau weiter. Heute kommt endlich der Elektromeister. Nach knapp zwei Stunden Umstandskrämereien werden endlich die fehlenden Leitungen gezogen. So pedantisch Gerhard ist, so umständlich ist er auch. Ich bin ja wirklich äußerst geduldig, aber das geht selbst mir auf die Eier.

Meine Nase ist zu, sonst geht es mir ganz gut. Vielleicht stimmt meine Konditionstheorie. Um fünfzehn Uhr machen wir Feierabend und ich fahre allein zu den Schafen. Ich bin gütig und gönne ihnen fünfundzwanzig Minuten Weidefastfood. Irgendwie fühlt es sich gut an, hier in diesem Kleckerdorf zu stehen und den Schafen beim Mampfen zuzuschauen. Langsam keimt Optimismus in mir auf - oder zumindest in diesem Moment. Auch wenn ich noch keinen blassen Schimmer habe, wie ich diese vielen bevorstehenden Hürden meistern soll, so weiß ich doch, dass ich es schaffen werde. Das habe ich schon immer! Ich treibe die Schafe und dann mich selbst nach Hause. Duschen, Stulle, ab ins Bett.

Sonntag 19.11.2017

Kurz vor neun Uhr bin ich wach. Überschütten, frühstücken und nun? Kurz vor zwölf Uhr setze ich mich in mein Auto, parke am nächsten Waldweg und spaziere eine große Runde. Es gibt nur wenige Menschen, mit denen ich wirklich rede. Doch ganz oben auf dieser Liste stehe ich selbst. Das Thema ist natürlich wieder einmal Marie. Und wieder einmal ist es Wut und Enttäuschung, die das Selbstgespräch bestimmen.

Die letzten zwölf Monate unserer Beziehung war sie lediglich körperlich anwesend. Ihr Kopf war woanders. Sie entzog sich mir, wo es nur ging. Ich wusste, dass wir auf dem besten Weg waren, gegen die Wand zu fahren, und war dennoch machtlos. Dass sie sich trennen möchte, sprach sie nie aus. Das habe ich getan. Dass sie sich neu verliebt hatte, sagte sie mir ebenfalls nie. Das musste ich aus ihren Handlungen und kleinen Bemerkungen hier und da ableiten. Ich möchte gar nicht wissen, was da noch alles ist, von dem sie nie etwas gesagt hat. So kenne ich meine Frau nicht! Ganz im Gegenteil. Sie sagte immer geradeheraus die Wahrheit, egal wie hart und unangenehm sie war.

Ich habe die letzten Tage hin und her überlegt, ob ich Marie etwas zum Geburtstag schenke. Wir hatten schon lange vor, im Wohnzimmer eine dicke Holzbohle neben dem Kamin als Regal anzubringen. Ich sitze jetzt praktisch an der Quelle und könnte sie selbst tischlern. Das wäre ein tolles Geschenk. Aber ich entscheide mich dagegen. Es wird kein Geschenk geben und auch keinen Anruf. Ich werde in den nächsten Tagen eine Karte besorgen und sie am Donnerstag abschicken. Dann sollte sie am Freitag oder Samstag ankommen. Das ist vielmehr Selbstschutz als Trotz oder Rache. Dennoch kann ich nicht leugnen, dass beides mitschwingt. Ich hoffe, sie versteht, dass mein Handeln keine Aktion, sondern eine Reaktion ist. Ich hoffe, sie sieht ein, wie unfair und feige sie sich verhalten hat. Ich hoffe, sie begreift, wie unnötig verletzend sie gehandelt hat.

Mittlerweile fällt es mir jedenfalls leichter, mich nicht bei ihr zu melden. Oder es ist nur eine Phase und nächste Woche steht wieder alles Kopf. Wundern würde es mich nicht. In den letzten Monaten hat es mich so oft von links nach rechts geschleudert, dass ich es als Normalzustand akzeptiert habe. Auf jeden Fall hilft mir die Vorstellung, dass aus der gezwungenen Funkstille eine freiGerhardge Funkstille geworden ist. Wenn ich möchte, kann ich mich bei ihr melden, aber erst einmal versuche ich, es nicht zu tun. Vielleicht ist es wie beim Wandern. Je länger man bergauf geht, desto anstrengender ist es. Aber schon allein den Gipfel zu sehen, motiviert. Hat man ihn erst erreicht, ist der Abstieg sehr viel leichter und er ist gefühlt nur halb so lang. Durchhalten! Weitermachen! Eine andere Möglichkeit gibt es im Moment eh nicht.

Meine Mutter schreibt mir lange E-Mails und probiert, mir beizustehen. Sie schreibt, wie es ihr damals ging, als mein Vater sie verließ. Wie er zurückkam und sie wieder verließ. So richtig funktionieren tut das natürlich nicht. Eine Trennung muss wohl jeder allein durchstehen. Damals hatte sie ebenfalls andere Pläne für sich und ihre Familie. Und auch bei ihr platzte nach der Trennung eine Bombe nach der anderen und tut es noch bis heute. Der Unterschied zu mir ist, dass sie die Auswirkungen der Einschläge gar nicht oder nur zu einem bestimmten Maß wiedergutmachen kann. So zum Beispiel die fehlende Basis unserer Familie. Wir lebten jahrelang zu viert in einer Wohnung und doch führte jeder sein eigenes Leben. Umso mehr, je älter mein Bruder und ich wurden. Der Kopf vermag nicht auszugleichen, was das Herz nicht leistet. Dennoch kämpft sie, arbeitet an sich und der Vergangenheit. Das halte ich ihr zugute.

Ich sitze wieder in dem gleichen Café wie letzten Samstag und schreibe Tagebuch. Stundenlang. Es tut gut, all diese Gedanken einmal in Worte zu fassen und niederzuschreiben. Ich lese mir nochmal die Einträge der letzten Tage durch und entdecke durchaus Schreibfluss, wo meiner Meinung nach gestern keiner war. Nicht so viel nachdenken und einfach machen, lautet meine Erkenntnis des Tages.

Neben Zupfkuchen und Milchkaffee gibt es heute noch einen weiteren Lichtblick - namens „Sunny". Na, wenn das kein Zufall ist. Die Dame hatte ich schon vor Wochen auf einem Datingportal angeschrieben. Sie hatte nie geantwortet und ich machte mir einen Spaß daraus, ihr weitere fünf oder sechs Mal zu schreiben. Mir reichen zwei, drei kleine Infos, ein Detail auf einem Profilbild oder sonst irgendeine Kleinigkeit und mein Gehirn strickt daraus Zeilen zwischen lustig, charmant und frech. Hat bisher gut funktioniert. Sunnys Antwort nach über zehn Wochen ist wohl der beste Beweis. Ich zerpflücke ihre Sätze, verdrehe ihre Worte, setze alles neu zusammen und bin gespannt.

Sunny?! Also, dass Frauen unpünktlich sind, ist hiermit wohl widerlegt. Danke für das digitale Herz! Es gibt doch nichts Romantischeres als einen Mausklick. Ich freue mich, dass Chaos um

Dich herum herrscht, da haben wir schon mal etwas gemeinsam und es spricht für unser Karma. Ja, lass uns loslegen! Bäume ausreißen, deine Agenda aufmischen oder neue Telefonnummer raten spielen. Du fängst an!

LG
Christian

PS:
Bitte lass uns nichts überstürzen, wir sollten es langsam angehen ... oder was sagst du?!

Montag 20.11.2017

Heute Morgen starte ich mit meinem eigenen kleinen Schreinerprojekt. Ein Vogelhaus soll gebaut werden. Vor ein paar Tagen haben Gerhard und ich im Internet nach Inspiration gesucht. Schön fand ich keines, auch nicht das modern aussehende, welches Gerhard auswählte. Egal, es wird nicht meinen Garten verunstalten. Ich suche also erst einmal ein paar Bretter zusammen, darf sie am Abrichter begradigen und verleime sie anschließend. Dann ist Warten angesagt, bis der Leim getrocknet ist. In der Zwischenzeit hole ich Brennholz für den Werkstattofen und gehe danach in den Anbau. Die Dämmung ruft und will verlegt werden. Bis zum Mittag heißt es also: messen, schneiden, stopfen.

Beim Mittagessen wird gemeldet, dass die Jamaikakoalition gescheitert ist. Ich gehe stark davon aus, dass mich das Wort trotzdem noch einige Wochen verfolgen wird. Satt und zufrieden mache ich mich wieder ans Werk. Ich löse die Zwingen von den Brettern und ziehe den überschüssigen Leim ab. Als Nächstes steht das Hobeln an, welches aber leider auf morgen verschoben wird, da Gerhard und Maike noch zu einem Kunden müssen. Ich wechsle die vollen Sägespänsäcke der Filteranlage aus, gehe eine Stunde dämmen und zum Abschluss des Tages Schafe hüten.

Gegen 17:30 Uhr knurrt mein Magen und schreit nach Abendbrot. Gerhard hat Bock auf Pasta, Rosenkohl und Tomatensoße. Ich habe zwar überhaupt keinen Bock auf Einkaufen, aber noch sehr viel weniger Bock auf Gerhards Spezialpasta. Abgesehen davon fehlen jegliche Zutaten für Tomatensoße. Auf geht's zum Einkaufen! Ich stürme die Kaufhalle, während mein Hunger in Rekordzeit den Speiseplan für die nächsten Tage zusammenstellt. Heute Pasta mit Tomatensoße und der restlichen Pfeffersalami (die muss weg), morgen Rucola-Salat mit Hühnchen und gerösteten Walnüssen, übermorgen Kartoffeln mit Quark ... Baam! Auf meiner Einkaufstour letzten Freitag war ich zu faul dafür oder hatte anscheinend nicht genügend Hunger. Jetzt ist innerhalb weniger Minuten alles im Einkaufswagen. Nudeln mit Rosenkohl, was soll das denn sein?! Nee nee, den Rosenkohl heben wir uns mal schon für Lammfilet mit Kartoffeln auf. Kann doch nicht sein, dass mir hier ständig frischgeschlachtetes Lämmchen vor der Nase rumhängt und wir machen Nudeln mit Rosenkohl. Auf Keinsten!

Zurück auf dem Hof reiße ich den Herd an mich. Gerhard darf seinen Rosenkohl machen (extremer Rosenkohljieper!) und die Salami schneiden. Nach zwanzig Minuten dampfen Nudeln, Tomatensoße und ordentlich Pfeffersalami auf unseren Tellern. Ich haue rein und gehe anschließend zufrieden pfeffrig vollgefressen pennen. Komisch, Kochen macht mir irgendwie Spaß. Ist wahrscheinlich auch Gerhards Auffassung von Essen geschuldet. Ich bin jedenfalls froh, dass mir Marie fünfzehn Jahre lang (mehr oder weniger nebenbei) ein paar Kochgrundregeln eingetrichtert hat.

Berichtigung: Ich habe wirklich keine Ahnung von Politik und auch kein Interesse daran (Jamaika = schwarz, grün, gelb / Flutschfinger = rot, gelb, grün). Politiker werde ich also auch nicht. Das Feld lichtet sich langsam, es bleiben nicht mehr viele Berufe übrig.

Mittwoch 22.11.2017

Meine Kondition hat bereits zugenommen. Ich halte ohne Probleme bis zum Nachmittag durch und sorge mit großzügigen Portionen beim Kochen für Abendbrot und Mittag gleichzeitig. Somit gibt es täglich zwei warme Mahlzeiten.

Meine Kondition in Sachen Marie hat sich ebenfalls gebessert. Kurz nach der Trennung sagte meine Trauzeugin Charlotte zu mir: „Der Schmerz bleibt der gleiche, wir lernen nur, damit umzugehen." Das trifft den Nagel auf den Kopf. Ich denke noch immer oft an Marie und noch immer tut es weh, dass wir unser Leben nicht mehr teilen, aber irgendwie habe ich einen

Weg gefunden, damit umzugehen. Mein Optimismus wächst somit weiter und damit täglich auch meine gute Laune.

Dass ich in knapp einer Woche wieder in der S-Bahn sitze, ins Büro fahre und mich vor bescheuerte Computer hocke, kann ich mir mittlerweile gar nicht mehr vorstellen. Drum herumkommen werde ich wohl dennoch nicht, zumindest für einige Wochen ... oder?! Ich habe keine Ahnung, ob ich Tischler „bin", aber handwerklich zu arbeiten, ist hammer! Kein Brett wird jemals eine kryptische Fehlermeldung ausspucken oder sich wegen eines fehlenden Updates nicht sägen lassen. Nein, es gibt beim Tischlern immer eine Lösung und immer ein Ergebnis. Sehen und anfassen kann man es auch noch. Das ist Dankbarkeit und Zufriedenheit pur!

Aber nochmal zurück zu Marie. Gestern Abend habe ich aus festem, dunkelbraunem Recyclingpapier eine Geburtstagskarte gebastelt, sie mit ein paar Tischlerskizzen, folgendem Text und der Aufschrift „Happy" (Buchstaben geformt aus Zollstöcken) versehen und mit ein paar Sägespänen garniert. Geile Idee!

Ein anderer Satz, der mir immer wieder durch den Kopf geht, stammt von einer Freundin von Marie. Sie sagte: „Die wahre Größe einer Beziehung zeigt sich bei der Trennung." Trifft ebenfalls den Nagel sowas von auf den Kopf, wie ich finde. Und wenn ich darüber nachdenke, was alles in den letzten Monaten passiert ist, wie es passiert ist und wie Marie mit mir kommuniziert - oder besser gesagt nicht kommuniziert hat - scheint unsere Beziehung nicht so viel Größe gehabt zu haben, wie ich immer dachte. Ich habe nicht nur einen großen Teil meines Vertrauens in Marie verloren, sondern leider ebenfalls einen Teil meines Respekts vor ihr. Anders kann ich mir nicht erklären, wie ich sie in den letzten Monaten immer wieder, ob in Gedanken oder allein im Auto sitzend, lauthals schreiend mit Worten beschimpft habe, die ich sonst meiner Frau gegenüber nicht mal denken würde. Das ist erschreckend, aber anscheinend leider die Realität.

Mein Vogelhaus habe ich heute fertig zusammengesetzt, verleimt und verschraubt. Und auch wenn es aussieht wie ein Hoden, so hat es doch jede Menge Spaß gemacht, daran zu arbeiten. Morgen folgen noch die letzten Details. Ich freue mich jetzt schon darauf! Obwohl ich erst zweieinhalb Wochen hier bin, habe ich bereits jede Menge gelernt über das Tischlern und sehr viel mehr noch über mich selbst.

Ich brauche die Stadt nicht und schon gar nicht Berlin! Dass ich gern auf dem Land wohne und dort ebenfalls am liebsten arbeiten würde, war mir bereits klar. Aber jetzt ist es kein Wunsch mehr, sondern eine Bedingung meines Lebens. Der Hof, die Tischlerei, das vereinsamte Barnow, das alles hat sich vor wenigen Tagen noch so unwohl und fremd angefühlt und ist heute sehr viel mehr Zuhause als alles andere, was sich im Moment „Zuhause“ schimpft.

Ich bin mir nicht mal mehr sicher, ob ich Vorstadt oder Kleinstadt noch akzeptieren kann. Das Leben auf dem Land hat eine unbeschreibliche Ruhe, und damit meine ich nicht, dass hier nur drei Autos am Tag vorbeifahren. Es ist vielmehr die Ruhe vor den unzähligen Belanglosigkeiten, die in der Stadt an jeder Ecke unseres Lebens lauern und mit grellen Farben sowie kreischendem Getröte um unsere Aufmerksamkeit ringen und damit unsere Zeit und Energie verschwenden. Steht man allein mit einer Schafherde auf einer Weide, hat null Handyempfang und auch sonst keinerlei Ablenkung, bemerkt man plötzlich ... man lebt!

Es ist verrückt. So oft haben Marie und ich davon geträumt, die Stadt hinter uns zu lassen, früh morgens auf dem Land die Gummistiefel und die Latzhose anzuziehen und einer einfachen, bodenständigen Arbeit nachzugehen. Ich sehe dieses Leben jetzt noch deutlicher vor mir liegen als je zuvor und bin mir sicher, es würde Marie genau die innere Ruhe verschaffen, nach der sie sich so sehr sehnt.

Heute Abend gibt es das längst überfällige Lammfilet. Ich überlasse Gerhard den Herd und schaue das erste Mal seit Tagen eine Folge „Shameless". Sunny hat leider noch nicht geantwortet. Nachdem sie Wochen gebraucht hat, um mir überhaupt mal zu schreiben (aber trotzdem immer wieder auf mein Profil klickte), hatte ich damit auch nicht wirklich gerechnet. Keine Ahnung, was die Dame beschäftigt. Naja, aufgeben war noch nie meins, also habe ich ihr gestern noch eine Nachricht geschickt. Auf eine mehr oder weniger kommt es nun auch nicht mehr an. Und wer weiß ...

Sunny, Sunny, Sunny ... drückt die Zeit oder doch der Schuh? Was es auch ist, ich schreibe dir hier gern noch tausende tolle Nachrichten, wenn es irgendwie hilft. Schicke dir Herzen,

Blumen oder Pizza, damit du die Mittagspause durcharbeiten kannst und sich das Chaos bald lichtet. Falls ich sonst noch etwas tun kann, z.B. neues Handyguthaben kaufen, sag's mir einfach. Ansonsten warte ich geduldig weiter. Irgendwie habe ich das Gefühl, das lohnt sich.

LG
Christian

PS:
Heute mal ohne PS ... mir fällt nichts weiter ein. Schade!

Donnerstag 23.11.2017

Wie immer klingelt der Wecker um 6:15 Uhr. Bis 6:45 Uhr wache ich langsam auf und freunde mich mit dem Aufstehen an. Auch wenn ich noch nicht ganz wach bin, so ist der Gedanke, dass Marie heute Geburtstag hat, fest in meinem Kopf verankert. Ich zähle bereits seit Tagen die Zeit rückwärts.

Gegen sieben Uhr gehe ich rüber in die Werkstatt und heize den Ofen an. Nach dem Frühstück schneide ich Pfropfen für die Schraubenlöcher des Vogelhauses, setze sie ein und arbeite dann mit Gerhard weiter im Anbau. Dämmen, dämmen, dämmen ... damn! Wenigstens ist langsam ein Ende in Sicht. Nach dem Mittag fahren wir nach Neustrelitz für einen kleinen Job und um Holz zu holen.

Ich genieße es jetzt wirklich sehr, als Handwerker durch die Gegend zu fahren und immer woanders und immer etwas anderes zu arbeiten. Bei einem alten Bekannten von Gerhard versehen wir die Küche mit der noch fehlenden Sockelleiste und werden danach mit Kaffee und Kuchen belohnt. Ich bekomme dazu sogar noch einen Job angeboten, nur leider in der falschen Branche: IT ... kotz! Als wir wieder im Auto sitzen, fragt mein Kopf: „Wie wäre es, wenn wir den Computerjob annehmen, irgendwo in die Nähe von Neustrelitz ziehen und uns dann einen richtigen Job suchen?" Mein Bauch lässt die Sache kurz wirken und sagt: „Hmm, könnte ich mir vorstellen. Ich liebe diese Gegend. Im Sommer ist es einfach traumhaft und damit wäre zumindest schon mal das Problem Berlin gelöst. Die Option behalten wir mal im Hinterkopf."

Ich muss an Ullrich denken. Er war schon vieles in seinem Leben: Unternehmer, Journalist und Sportmanager mit entsprechend viel Stress und Arbeit, geschieden, bankrott, Videoproduzent, Kaufmann, wieder bankrott etc. pp. Heute lebt er in einem kleinen Haus auf dem Land, verdient sein Geld mit Grabreden, spielt Gong und ist vor allem eines: glücklich!

Kennengelernt haben wir uns durch meinen Bruder Benedikt schon vor vielen Jahren, aber erst vor ein paar Wochen trafen wir uns wieder. Ullrich hatte vor, eine CD von seinem Gongspiel zu produzieren, und brauchte Unterstützung beim Mixing. Ich wusste von Benedikt, dass er einen sehr außergewöhnlichen Weg hinter sich hat und dass er jemand ist, mit dem man über das Leben reden kann. So kam es, dass ich ihm mit seiner CD half und im Gegenzug er mich bei meinem frisch durcheinandergewürfelten Leben unterstützte.

Als Ullrich bemerkte, dass er seine Lebenszeit nicht mehr als überarbeiteter und gestresster Manager weiter verschwenden wollte, um etwas für andere Leute zu tun, sondern in Zukunft nur noch für sich selbst, war er dennoch ratlos, was das denn genau sein sollte. Also stellte er sich einfache, grundlegende Fragen, wie z.B.: Wie soll mein Arbeitstag aussehen? Möchte ich selbstständig sein? Mit wem möchte ich zusammenarbeiten? Etc. pp.

Ich stellte mir also die gleichen Fragen und bemerkte, dass vieles, was ich als logisch und selbstverständlich angesehen hatte, alles andere war als das. Wir rennen durch unser Leben, verfolgen Ziele, Träume oder irgendetwas, das wir dafür halten. Wir denken bereits an den tausendsten Schritt und stolpern dabei unbemerkt schon über die ersten. Vielleicht bin ich die letzten fünf oder sechs Jahre gestolpert, als ich das Ziel verfolgt habe, mit Musik meinen Lebensunterhalt verdienen zu wollen. Egal wo ich war und egal was ich tat, die Musik war omnipräsent und beschäftigte mich jede Sekunde. Marketingkonzepte, Promotion-Planung, E-Mail-Verteilerlisten, Demos, Absprachen zu allem Möglichen und ganz nebenbei noch die eigentliche Musik produzieren. All das füllte meinen Tag und meinen Kopf zu 99 Prozent aus. Für das Leben blieb nur ein Prozent übrig. Spaziergänge, Geburtstagsfeiern, selbst Urlaube waren nichts mehr als Dinge, die mich dabei aufhielten, mein Ziel zu erreichen. Und genauso abwesend erlebte ich sie größtenteils auch. Das war, abgesehen vom eigentlichen Stolpern, das Schlimmste. Erst die Trennung rüttelte mich wach. Heute weiß ich, im Hier und Jetzt zu leben, ist nicht immer einfach, aber sehr lohnenswert!

Als mein Partner David sich vor ein paar Monaten dazu entschloss, seine Musikerkarriere zu beenden, sagte er: „Man kann nicht etwas sein, das man nicht ist.“ Der Satz beschäftigt mich noch heute. Vielleicht habe ich genau das versucht. Etwas zu sein, das ich nicht bin: Musikproduzent. Ich werde es herausfinden. Fakt ist, seit ich bei Gerhard bin, habe ich nicht ein einziges Mal meinen Laptop eingeschaltet, um Musik zu machen, und es ebenfalls nicht vermisst. Trotzdem greife ich immer wieder zur Gitarre und spiele Akkorde oder einfach nur ein paar Töne. Mein Verhältnis zur Musik lässt sich wirklich nur mit Hassliebe beschreiben. Manchmal liebe ich es so sehr. Manchmal hasse ich es so sehr. Fragt sich nur, welches von beiden überwiegt. Vielleicht ist und bleibt es nur ein Hobby ... kotz! Wie sehr ich dieses Wort hasse. Für mich gibt es nur ganz oder gar nicht! Und auch das ist wahrscheinlich Teil des Problems.

Aber nochmal zurück zu den grundlegenden Fragen in Sachen Arbeit. Meine Essenz bisher lautet wie folgt: Ich möchte eine Aufgabe, die ich lösen kann und die mich erfüllt. Ich möchte in einer Umgebung arbeiten, in der ich mich wohlfühle (kein Büro - jedenfalls nicht acht Stunden lang, keine Großstadt - auf keinen Fall Berlin). Und ich möchte etwas tun, das einen Sinn macht (z.B. Menschen helfen). Soweit, so gut. Den Rest werde ich durch Ausprobieren herausfinden.

Den ganzen Tag über hängt der Gedanke an Maries Geburtstag weiter in meinem Kopf fest. Es macht mich traurig, aber es quält mich zumindest nicht. Nicht so, wie es mich noch vor wenigen Tagen gequält hätte. Dennoch ist es ein merkwürdiges Gefühl, zu wissen, dass heute der Tag ist, an dem ich die letzten Jahre immer an ihrer Seite war, und ich sie heute nicht mal anrufe. Ich hoffe, meine Karte ist angekommen und sie freut sich darüber.

Sonntag 26.11.2017

Seit gestern Nachmittag verschlechtert sich meine Laune mit jeder Stunde zusehends. Das Wut-Trauer-Enttäuschungskarussel dreht sich wieder einmal. Gestern Abend konnte ich mich zwar dazu überreden, noch in die „Klapse" zu fahren, aber die war leider geschlossen. Ich hatte das Plakat nicht richtig gelesen (jeden zweiten Samstag im Monat, nicht jeden zweiten Samstag) und eine Alternative gibt es in Neustrelitz nicht. Keinen anderen Club, keine Bar, nichts!

Mein Sonntagsalltag besteht aus: frühstücken, Waldspaziergang, Kaffee und Kuchen, Tagebuchschreiben, Kinoprogramm checken, nach Hause fahren. Bevor ich losspaziere, schreibe ich Maries kleiner Schwester Greti und frage, ob meine Geburtstagskarte angekommen ist. Anscheinend ist sie das nicht. Mist! Als ich dann im Café sitze, schreibe ich Marie und schicke ihr die Bilder, die ich von der Karte gemacht hatte.

Anscheinend ist meine Geburtstagskarte nicht angekommen. Das tut mir leid! Ich hoffe, sie kommt noch an, sie ist nämlich sehr schön geworden. Kuss

Ihre Antwort kommt zwei Stunden später ...

Danke für die Nachricht Honey! Ein gutes Gefühl, dass du mich (noch) nicht hasst und ignorierst. Ich küsse dich, dein Sweety

Sie schreibt „Honey“ und „Sweety“, als ob das Kapitel, zu dem diese Worte gehören, noch nicht vorbei wäre. Aber das ist es! Das ist es, weil sie es so wollte. Ich antworte jedenfalls nicht, denn anscheinend erreichen sie meine Worte nicht - weder mein Abschiedsbrief noch meine E-Mails und auch nicht meine Geburtstagskarte. Vielleicht sollte ich wirklich anfangen, sie zu hassen, das würde vieles einfacher machen. Aber wie war das noch gleich mit der Liebe: Sie ist genauso stark wie dumm!

Ich schreibe Sunny eine weitere Nachricht (bisher noch immer keine Antwort, auch egal) und fahre dann mit meinem restlichen Sonntagstrott fort: Fernseher, Stulle, Bett.

Montag 27.11.2017

Heute Nachmittag entlädt sich mein Wut-Trauer-Enttäuschungsmix in einem elendigen Heulzusammenbruch unter der Dusche nach der Arbeit. Mein Kopf hatte unzählige wütende Antworten an Marie verfasst und wahrscheinlich hatte nur das Funkloch das Absenden verhindert. Ich kenne meine Frau in- und auswendig und merke, dass sie selbst nach über einem Jahr noch immer an ihrem Muster - im Kreis drehen, zusammenbrechen, ablenken, im Kreis drehen, zusammenbrechen, ablenken ... - weiter festhält (egal für welches ihrer Probleme) und dass sie nichts daran ändern möchte. In meinen Augen hat das gleiche Muster dazu geführt, dass sie so unglücklich wurde und sich schließlich von mir trennte. Ob ihr Neuverlieben Zusammenbruch oder Ablenkung ist, kann ich nicht sagen. Vielleicht kann sie das selbst nicht mal. Im Endeffekt ist es auch egal. Fest steht, dass sie sich darauf einließ (niemand verliebt sich von jetzt auf gleich), obwohl sie verheiratet war und sich damit bewusst gegen unsere Ehe entschied. Das nennt man wohl Ironie des Schicksals. Immerhin war sie es, die mir jahrelang vorbetete, die Ehe ist eine Entscheidung. Dass dies in guten wie in schlechten Zeiten gilt, hatte sie scheinbar nach der Hochzeit vergessen.

Woher die Wut und die Enttäuschung stammen, ist damit für mich geklärt. Aber was genau macht mich so traurig? Wie immer versuche ich, die Essenz zu finden, und nach unendlichem Durchdenken, Drehen, Wenden und Analysieren ist es meiner Meinung nach das Erlöschen des Funkens in ihren Augen. Es war dieser Funke, der ihre Blicke, ihre Küsse und unseren Sex echt machte und der nun verschwunden ist.

Als ich zum Abendbrot rübergehe, bin ich leergeheult. Dann macht sich Gleichgültigkeit breit. Gerhard und ich durchsuchen den Kühlschrank und sonstige Vorräte auf der Suche nach einer Idee gegen unseren Hunger. Hmm, mal sehen ... Nudeln, etwas Wurst, Paprika, Dosenchampignons. Erst als wir das Glas Gewürzgurken sehen, heißt es: Zwei Doofe, ein Gedanke: Soljanka!

Ich übernehme wieder den Herd und Gerhard schaut staunend und hilflos zu. Kochen ist wirklich geil, muss ich sagen, und das Ergebnis kann sich heute definitiv sehen und schmecken lassen. Wir schaufeln beide zwei Teller dampfende Soljanka, während sich meine Laune etwas bessert.

Gerhard erzählt wie so oft von seinen Reisen und seinen Freunden, die rund um die Welt verstreut sind. Es scheint, er hat genug erlebt für mindestens zwei Menschenleben und fürchtet sich vor nichts. Direkt nach seiner Meisterprüfung begab er sich auf Weltreise. Dabei stolperte er in Guatemala in den Bürgerkrieg, durchstreifte tagelang allein die kanadische Wildnis, und seinen alten Transporter fuhr er von Barnow quer durch Osteuropa und halb Asien bis zu seinem Bruder nach Kirgistan(!). Mein Leben erscheint mir dagegen wie ein Witz.

Ich komme ins Grübeln. Die Welt, in der ich lebe, ist in jeglicher Hinsicht klein. Sollte ich vielleicht eine Weltreise machen? Gerhard hatte genau fünfzig Mark in der Tasche, als er aufbrach, und dreißig Mark, als er wiederkam. Nicht genügend Geld zu haben, ist also keine Ausrede. Abgesehen davon, käme ich auf eine ordentliche Summe, wenn ich mein Studioequipment verkaufen würde. Brauchen tue ich das Zeug eh nicht. Denn auch in Sachen Musikproduzieren habe ich alles aufs Nötigste heruntergebrochen: Laptop, Lautsprecher und ein Keyboard. So habe ich bereits alle Titel der letzten drei Veröffentlichungen geschrieben. Und falls ich weiter Musik machen sollte, wird sich das nicht ändern. Aber weder mein Bauch noch mein Kopf können sich richtig für die Weltreiseidee begeistern. Mal sehen, ich behalte auch diese Option im Hinterkopf.

Bevor ich schlafen gehe, rufe ich Marie an, kann sie jedoch nicht erreichen. Was ich ihr sagen will, weiß ich nicht genau, wahrscheinlich, wie sehr sie mich enttäuscht hat und wie wütend ich bin.

Dienstag 27.11.2017

Als ich heute Morgen in der Tischlerei wieder WLAN-Empfang habe, bekomme ich Maries Antwort. Sie war Laufen und fragt, ob wir später telefonieren wollen. Meine Antwort bleibt erneut aus. Ich weiß nicht, ob ich noch mit ihr telefonieren will. Gleichgültig, aber dennoch präsent bleibt der Gedanke bis nach dem Abendessen liegen. Dann wähle ich ihre Nummer. Wir reden ganze zweieinhalb Stunden, bewegen uns durch jegliche Hochs und Tiefs, lachen, weinen, reden, reden, reden, und als ich auflege, keimt wie so oft Hoffnung auf, die bereits am nächsten Morgen verflogen ist. Es ist immer das Gleiche. Ich versuche, meine Frau von ihrem Mann zu überzeugen, und ärgere mich hinterher darüber. Niemand sollte von seinem Partner überzeugt werden müssen, entweder man glaubt an ihn, und damit auch an die Beziehung, oder eben nicht.

Freitag 01.12.2017

Heute ist mein letzter Tag als Tischlerpraktikant. Das letzte Mal zusammen frühstücken, das letzte Mal von den Gänsen angefaucht werden, das letzte Mal den Werkstattofen anheizen, das letzte Mal tischlern, das letzte Mal im Anbau werkeln, etc. pp. Es hat ewig gedauert, bis ich endlich aufgetaut bin. Ich würde sagen, ungefähr drei Wochen, sprich: bis vor zwei bis drei Tagen. Tja, so bin ich eben. Ich werde Gerhard, seine Umstandskrämereien, unser Kochen und vor allem das Leben hier vermissen. Wer weiß, warum es mich hierher verschlagen hat. Ich denke, alles im Leben hat einen Sinn.

Manche Menschen glauben nicht an Schicksal und nennen es deshalb Zufall. Im Endeffekt ist es auch egal. Es sind zwei Worte für ein und dieselbe Sache. Ich sage Schicksal dazu und während der letzten Wochen ploppen bei mir überall Schicksalsoptionen auf. Ja, das Schicksal ist ein Arschloch! Niemals wird es nur einen Weg aufzeigen. Nein, es zeigt einem so viele, wie man selbst sehen möchte, und als Kopfmensch sind das einige. Als Bauchmensch ist es vielleicht wirklich immer nur einer. Beneidenswert, diese Bauchgesteuerten!

Vom Computerjob in Neustrelitz über Weltreise oder Tischlergeselle bei Gerhard (bräuchte wahrscheinlich noch etwas Überzeugungsarbeit) ist alles dabei.

Die Abrechnung für meine Ferienwohnung mit der netten Frau Mattes dauert knapp eine Stunde - von der wir genau eine Minute für die Bezahlung benötigen. Der Rest ist ausgefüllt mit ihrem aufgestauten Redeschwall und der Freude, dass jemand da ist und zuhört. Darauf hatte ich mich schon eingerichtet und ich mache es gern. Dass dabei eine weitere Zukunftsoption aufploppt, hatte ich jedoch nicht gedacht. Ein großes Haus plus eine einsame alte Frau, die Hilfe benötigt, sich über Gesellschaft freuen würde und am liebsten eine WG gründen möchte, ergeben für mich gleich zwei Optionen. Option A:

Hier einziehen. Frau Mattes kocht und wäscht. Ich streiche dafür die Fensterläden und mache den Einkauf. Fehlt nur noch die Tischlerlehre irgendwo in der Nähe (ich muss Gerhard definitiv nochmal ins Gewissen reden). Option B: Als selbstständiger Handwerker über die Dörfer tingeln, hier was reparieren, dort was helfen, und danach gibt es Kaffee, Kuchen und ein paar Minuten Zuhören (kann man ja in Rechnung stellen). Alte Menschen mit viel zu großen Häusern und Gärten sind heute definitiv der Normalfall auf dem Land. So würde ich den Menschen gleich zweifach helfen und hätte einen dankbaren, sinnvollen und erfüllenden Job, der ganz sicher ungeahnte Herausforderungen mit sich bringt. Tja, das Schicksal macht es einem nicht leicht.

Mein Fazit für die Zeit als Tischlerpraktikant auf dem Dorf lautet auf jeden Fall wie folgt: Es geht mir körperlich als auch geistig so gut, wie ich es mir in den letzten Monaten nicht mal hätte träumen lassen können. Ich habe Kondition und Muskeln aufgebaut, die ich in keinem Fitnessstudio erreicht hätte (ist einfach nicht mein Ding). Und das Leben auf dem Land ist wundervoll. Oh ja, da ist ein riesiger Stein ins Rollen gekommen. Mal sehen, wo er in den nächsten Wochen und Monaten hinrollen wird.

Samstag 02.12.2017

Kaum dass ich zu Hause angekommen bin, scheint jeglicher hart erkämpfte Lichtblick von dicken grauen Wolkenschwaden erstickt zu werden.

„Hallo Chrissi, wir werden heute Abend nicht zu dem Essen gehen. Anna wird sich wohl von mir trennen. Ich melde mich später noch mal. Ben“

Ich lese die SMS von meinem Bruder und breche zusammen. Dem Heulen folgt gefühllose Taubheit. Am liebsten würde ich das alles hier und jetzt enden lassen. Es scheint, als wären jegliche Personen unserer Familie unfähig, eine Beziehung zu führen, und erst recht nicht im Stande, eine eigene Familie zu gründen. Dabei gibt es nichts, wonach sich ein jeder von uns mehr sehnt.

Mein Vater sitzt irgendwo vereinsamt in seinem Haus auf dem Land. Meine Mutter hat allen Männern abgeschworen und betäubt sich mit dem Betreuen ihrer Enkel. Ich hänge fest an einer Liebe, die es nicht mehr gibt, und mein Bruder findet selbst in seiner Familie, auf die er so lange gewartet hatte, keine Ruhe. Es fühlt sich an wie ein Fluch, wie ein Kampf gegen Windmühlen. Ich möchte nicht mehr kämpfen. Ich möchte aufgeben.

Gegen fünfzehn Uhr hole ich Ben vom Bahnhof ab. Dann fahren wir weiter zu Leja. Wir laufen durch den Wald, reden und schweigen abwechselnd. Später am Abend treffen wir uns mit Mutti im Restaurant. Irgendwann schlägt das bedrückte Schweigen um ins Reden und schließlich wird aus Reden Wut, die Ben ungebremst über Mutti entlädt. Seine Trauer und Enttäuschung sind unendlich. Aber das Scheitern seiner Familie lässt sich nicht übertragen und die alten Wunden seiner Kindheit damit nicht heilen.

Sonntag 03.12.2017

Dieses Wochenende passe ich auf Leja auf, da Henrike verreist ist. Auf unserem Tagesplan steht: Gassi gehen, essen, schlafen, Gassi gehen, essen, schlafen und Gassi gehen, essen, schlafen. Mit allem anderen bin ich überfordert. Angeregt von den gestrigen Ereignissen, frage ich mich, ob es für uns überhaupt so etwas wie Familie gibt. Ich bin froh, nicht allein zu sein am ersten Advent.

Am Abend telefoniere ich mit Marie und bitte sie, ein paar Sachen ins Carport zu stellen. Damit ich sie mir dort abholen kann. Immer wieder beginnen oder enden ihre Sätze mit „Honey". Wahrscheinlich merkt sie es noch nicht einmal. Nach dreißig Minuten und einigen weiteren „Honeys" sage ich, dass es „Sweety" und „Honey" nicht mehr gibt. Für einige Sekunden schluchzen wir beide bitterlich ins Telefon. Dann sagt sie „Ich liebe Dich!" und legt auf.

Montag 04.12.2017

Der Wecker klingelt um kurz nach sechs Uhr. Leja ist natürlich schon wach und wartet sehnsüchtig wackelnd darauf, dass ich aufstehe. Sie tappst wie Goofy auf meinen Füßen umher, wackelt, niest, grunzt, wuselt und lässt mir damit gar keine andere Wahl, als zu lachen. So oft hat sie mich in den letzten Monaten schon gerettet. Heute Morgen tut sie es erneut.

Ich frühstücke und gebe Leja ihr Futter, während ich Zähne putze. Dann machen wir uns auf den Weg. Wir drehen eine kleine Runde bis zum Auto und eine Runde bei Henrike. Dann lasse ich sie allein im Garten zurück. Wie immer schaut sie mir mit einem Hundeblick hinterher (wie auch sonst!?). Dass wir uns gleich wiedersehen werden, weiß ich zu diesem Zeitpunkt noch nicht.

Dann ist es soweit! Ich fahre seit einer gefühlten Ewigkeit zum ersten Mal wieder zu meinem bescheuerten Computerjob, den ich zutiefst hasse. Dennoch hatte ich es so geplant (und nicht weiter darüber nachgedacht), also tue ich es auch. Bevor ich losfahre, schreibe ich Marie eine kurze Nachricht. Ich bitte sie, die Quittung der Eheringe rauszusuchen und zu meiner Post ins Carport zu legen. Wenn eines Tages die Scheidungspapiere vor mir liegen und ich meine Unterschrift daruntersetze, werde ich die Ringe versetzen. Mir ist egal, wie sehr ich Marie mit meiner Nachricht verletze. Ich bin einfach nur wütend und möchte möglichst schnell alles geregelt haben und sie nicht mehr sehen müssen.

Kurz darauf ruft sie mich an und ich lasse meiner Wut, verteilt über zwanzig Minuten, vollen Lauf. Marie weint. Als ich in die S-Bahn einsteige, legen wir trotzdem einigermaßen versöhnlich auf. Der Waggon ist vollgestopft bis obenhin, obwohl hier die erste Haltestelle ist. Der scheiß Regio fährt mal wieder nicht und somit startet dieser erste Arbeitstag so beschissen, wie er sein wird. Ein paar Stationen halte ich es aus, dann kann ich nicht anders und steige aus, rufe Marie erneut an und entschuldige mich. Wir reden nochmal zwanzig Minuten, in denen ich immer wieder zusammenbreche und elendig heule. So schwarzweiß, wie ich es in meinem Kopf über die letzten Monate sortiert habe, ist es nicht. Ja, sie hat mich belogen. Ja, sie hat mich betrogen. Ja, sie hat nicht mit mir kommuniziert. Nein, sie hat sich nicht verliebt. Nein, sie hat sich nicht getrennt wegen eines anderen Mannes, sondern weil ihr Grundvertrauen in mich und somit in uns verlorengegangen ist. Und ja, sie würde gern an den Punkt zurückkehren, an dem alles in Ordnung war, wir voller Stolz unsere Eheringe trugen und wir beide unser ungeborenes Kind sehen konnten. Aber sie kann es nicht, jedenfalls nicht jetzt und vielleicht nie wieder. Sie hat Recht, wenn sie sagt, dass ich mich um mich selbst kümmern muss. Dass ich etwas kann, dass ich jemand bin und dass ich das alles schaffen werde.

Ich steige wieder in die Bahn ein. Drei Stationen weiter schreit mein Bauch so laut auf, dass mein Kopf es nicht mehr wegdrücken kann. Er brüllt: „Wenn du jetzt wieder zu dieser Arbeit fährst, wirst du es auch die nächsten hundert Jahre tun! Ich kann nicht mehr!!! Steig aus!!!"

Knapp eine Stunde später begrüßt mich Leja freudig wackelnd, wuselnd. Erleichtert und beruhigt laufe ich eine große, chaotische Zickzack-Runde und genieße die Sonne, die ebenfalls meine Entscheidung zu unterstützen scheint. Ich fühle mich, als wäre mir ein riesiger Brocken vom Herzen gefallen. Bevor ich Leja wieder alleinlasse, sitze ich noch eine halbe Stunde auf der Terrasse, denke nichts und lasse mir die Sonne ins Gesicht scheinen. Ich habe keinen Plan, wie es weitergehen soll, wie ich Geld verdienen kann, ob und wie ich Tischler werden soll, wo ich leben möchte und und und ... trotzdem fühlt es sich richtig und gut an.

Am Nachmittag mache ich dies und das, gehe einkaufen und verbreite die Nachricht, dass ich heute nicht zur Arbeit gefahren bin und ich nie wieder dorthin gehen möchte. Nachdem ich ein paar Stunden mit Kleinigkeiten verplempert habe, ist es achtzehn Uhr und ich fahre wieder zu Leja. Nach der Abendrunde sitze ich mit Henrike zusammen und wir berichten uns gegenseitig, was in den letzten Wochen passiert ist. Wir reden, lachen, essen und durchleuchten meine Entscheidung stundenlang auf Sinn und/oder Unsinn. Henrike verunsichert mich. Sie rät mir dazu, weiter der überbezahlte Halbtagscomputeridiot zu sein und nebenbei etwas aufzubauen. Klingt logisch, ist logisch, und dennoch hat genau dieser Plan bereits seit neuneinhalb Jahren nicht funktioniert. Warum sollte er jetzt funktionieren?

Mag sein, dass mein Ziel, mit Musik Geld zu verdienen, hochgesteckt ist. Nichtsdestotrotz ist es nicht nur meine Leidenschaft, sondern eines der Dinge, die ich am besten kann. Der IT-Job war das notwendige Übel, welches mir die Freiheiten gab, meine Musikziele zu erreichen. Trotzdem funktionierte es einfach nicht, weil jegliche Energie durch sinnlose Arbeit, Langeweile und Verblödung vollständig aufgebraucht wurde.

Es muss einen anderen Weg geben, abseits von Sicherheitsdenken oder besser gesagt Sicherheitsangst. Seinem Herzen bzw. seinem Bauchgefühl zu folgen, erfordert heutzutage vor allem eines: Mut! Die Frage ist also, wie viel Mut habe ich.

Donnerstag 07.12.2017

In den letzten Tagen kämpft mein Bauch immer wieder gegen meinen Kopf. Der Bauch kann und will nicht vergessen, wie wohl er sich auf dem Land als Handwerker gefühlt hat, während der Kopf immer wieder den Taschenrechner, die Angst und viele andere „Das-geht-doch-nicht-weil ..." rauskramt. Offiziell bin ich diese Woche krank. Die Uhr tickt also rückwärts und ich schleudere im Sekundentakt hin und her.

Gestern habe ich mein Bewerbung zum Tischler-Azubi geschrieben und heute habe ich durchgerechnet, wie lange ich mit einem Gehalt von 300 Euro auskomme, wenn ich mein ganzes Tonstudio-Equipment verkaufen würde. Einfach wäre es nicht, unmöglich aber auch nicht!

Um vierzehn Uhr treffe ich mich mit dem Direktor der Privatschule, an der ich vor einigen Monaten eine Tontechnik-AG geleitet habe. Die Schule liegt außerhalb Berlins, hat Geld und braucht Hilfe mit der Veranstaltungstechnik bei Projektwochen, Veranstaltungen, AGs und sicherlich noch ganz anderen Sachen. Zusammengefasst ergab das für mich eine weitere Schicksalsoption, die ich deshalb vor ein paar Tagen ganz konkret per E-Mail angefragt hatte. Wir reden ungefähr fünfzehn Minuten, doch schon nach seinen ersten zwei, drei Sätzen macht es erneut „Plopp". Sein Angebot lautet: eine halbe Stelle mit größtenteils freier Zeiteinteilung, die die Betreuung der AGs, Veranstaltungen sowie der Schüler-Praktika beinhaltet. Schüler dabei zu unterstützen, sich auf ihren Weg nach der Schule vorzubereiten und eventuell ihren Traumjob zu finden, grenzt schon fast an Ironie des Schicksals. Abgesehen davon, dass ich erst im August nächsten Jahres anfangen würde (zum neuen Schuljahr), erfüllt der Job eigentlich all meine Bedingungen: kein ausschließlicher Bürojob, ein Arbeitsplatz abseits der Stadt, ein sehr angenehmes Kollegium und ich helfe jungen Menschen. Dieses verdammte Schicksal! Jetzt hatte ich mich schon als Tischler-Azubi fernab von Berlin gesehen - und dann kommt so etwas. Mein Bauch weiß mittlerweile auch nicht mehr, wo hinten und vorne ist.

Unverhofft meldete sich gestern Sunny per WhatsApp. Wir wechseln einige lange, offene Nachrichten und es stellt sich heraus, dass ihr Chaos noch viel mehr dem meinem ähnelt, als ich es gedacht hätte – Stichwort: berufliche Neuorientierung (Details folgen am Samstag bei einem Glühwein). Ich bin gespannt.

Donnerstag 21.12.2017

Unfassbar, noch drei Tage bis Weihnachten! Mir ist weder nach Weihnachten noch nach Feiern noch nach irgendwas. Ich bin froh, wenn ich es schaffe, einkaufen zu gehen und dabei an die Grundverpflegung für die nächsten zwei bis drei Tage zu denken. Dazu gehört im Moment Stollen (extremer Christstollenjieper!). Die letzten zwei Wochen hatte das Tagebuchschreiben ebenfalls Pause und auch heute tue ich es eigentlich nur aus Langeweile und weil es irgendwie schade wäre, aufzuhören.

Puh, seit ich wieder zurück bin in Berlin, scheint jeglicher Halt und jeglicher hart erkämpfte Optimismus wie weggeblasen. Vor ein paar Tagen kam mir die Idee, mich nach einer

Tischlerlehre in Österreich umzusehen. Ich liebe die Berge seit meinem ersten Winterurlaub vor ungefähr zehn Jahren. Marie hatte bestimmt zwei Jahre lang auf mich eingeredet, bis ich endlich Betriebsferien in meinem Plattenladen ausrief und mir diese Auszeit gönnte. Die Jahre danach fuhr ich jeden Winter dreimal zum Snowboarden. Eine Woche vor Weihnachten ganz allein, eine Woche mit Freunden und eine Woche mit Marie und ihrer Schrägstrich meiner Familie. Als ich 2007 den Plattenladen verkaufte, wieder mal von Marie getrennt war und einfach nur wegwollte, flüchtete ich wohin? Natürlich nach Österreich. Ich arbeitete vier Monate lang als DJ, Putze und Mädchen für alles im Salzburger Land, war fast jeden Abend feiern und fuhr mehr Snowboard als dass ich arbeitete. Die Bezahlung deckte nicht mal die Hälfte meiner Fixkosten, doch das war mir egal. Es war die beste Zeit meines Lebens! Jedoch nicht wegen der Partys, dem Spaß oder dem fast lächerlichen Arbeit-Freizeit-Verhältnis (naja, ganz unwichtig war das auch nicht). Nein, hauptsächlich, weil ich in diesen vier Monaten lernte, wie wenig es braucht, um glücklich zu sein: ein Bett, etwas zu Essen, ein paar Freunde, mit denen man lachen und weinen kann, Natur um sich herum und eine Aufgabe. Mehr nicht!

Kein Geld der Welt kann einem Zufriedenheit und Glück schenken. Das habe ich nie vergessen, auch wenn dieses Wissen im Alltagsleben der Großstadt über die Jahre verblasste. Was wäre jetzt also naheliegender, als in die Berge zu ziehen, eine bodenständige Arbeit zu verrichten und dieses verblasste Wissen inklusive Zufriedenheit und Glück aufzufrischen.

Verrückt! Kaum dass ich anfange, diese Sätze zu schreiben, wird aus der zweifelhaften Idee eine logische Schlussfolgerung. Schreiben ist wahrhaftig Kopfmenschenerdung, wie es scheint.

In den letzten zwei Wochen ist aber noch eine ganze Menge mehr passiert. Ich habe Sunny getroffen (Single seit acht Jahren, Glück und Lebensfreude in Person und auf dem Weg zum europäischen Lokomotivführerschein). Ein zweites Treffen gab es jedoch nicht. Ich habe meinen IT-Job wiederaufgenommen, werde aber nur noch bis zum zweiten März dort arbeiten und damit nach neun Jahren und elf Monaten dieses Kapitel beenden (Glückwunsch ... kein zehnjähriges Jubiläum!). Ben und Anna haben sich vor wenigen Tagen darauf geeinigt, es mit Hilfe einer weiteren Paartherapie nochmal zu versuchen (daran hatte ich schon nicht mehr geglaubt und bin daher vorsichtig optimistisch gestimmt). Das Verhältnis zwischen Ben und Mutti hat sich dank Brief sowie Gespräch etwas entspannt, sodass ich mich tatsächlich etwas auf unser Zusammensein am Vierundzwanzigsten freuen kann.

Ob ich wirklich Tischler „bin", weiß ich noch immer nicht. Wahrscheinlich gibt es im Moment nichts, was ich wirklich bin, außer neben der Spur. Aber dennoch ist es das Beste, was mir einfällt und eine Perspektive aufzeigt. Die Musik kann das leider nicht. Denn so sehr ich auch Musik schreiben möchte, so wenig tue ich es. Ganz gleich wie viel Gespür, Talent und Liebe ich für die Musik besitze, ich konnte es leider nicht in die richtigen Bahnen lenken oder stand mir als Kopfmensch einfach zu sehr selbst im Weg. Dennoch bleibt Musik immer ein Teil von mir. Ganz genau so, wie Marie immer ein Teil von mir sein wird.

Donnerstag 25.01.2017

Seit ein paar Tagen bin ich wieder krank. Rumsiechen und warten, dass ich wieder am Leben teilnehmen darf. Krank! Wiedermal krank. Ich fühle mich wie ein Parasit. Ein nichtsnutziger, fauler Parasit. Zu viel Zeit, zu wenig Nutzen. Ahh, mein Omelett kommt gerade. Mampf, mampf ... es ist 11:30 Uhr an einem Donnerstag und ich sitze beim Bäcker und frühstücke. Nachdem ich nicht mehr schlafen konnte, überlegte ich, welchen Nutzen ich heute für die Gesellschaft erfüllen kann, trotz krank sein. Mir fiel leider nichts ein und so entschloss ich mich, etwas Zeit unter der Dusche zu verplempern. Etwas Wasserverschwendung später bekam ich Hunger. Ins Café wollte ich nicht fahren. Dort schmeckt es zwar besser, aber man fühlt sich (auf jeden Fall hinterher) noch nutzloser. Also ab zum Bäcker an der Ecke.

Und da sitze ich nun. Mitten unter der Woche frühstücken zu gehen, ohne es mir mit tausenden Überstunden oder ähnlich glorreichen Anstrengungen verdient zu haben, ist natürlich falsch, verwerflich und stößt mich an den Rand der Gesellschaft. Die Tatsache, dass ich krank bin, rechtfertigt mein parasitäres Dasein zwar etwas, aber das bringt meinem Gewissen auch nichts. Arbeitsplätze zu schaffen, indem ich fürs Frühstück bezahle, bringt ihm ebenfalls nichts. Es wird Zeit für eine Aufgabe. Deshalb habe ich mich entschieden, ein neues WWOOF-Abenteuer zu beginnen und nebenbei meinen Plänen zur Tischlerlehre auf den Zahn zu fühlen. Ich kann es kaum abwarten, meine Sachen zu packen und auf dem auserwählten Oberhof in Bayern anzukommen. Stall ausmisten, Tiere füttern, Zäune reparieren, Bäume ausreißen, ganze Gebäudeteile wieder aufbauen ... egal, Hauptsache, ich muss früh aufstehen und falle abends todmüde ins Bett. Tja, aber bis dahin sind noch sechs Wochen Nutzlosigkeit zu überstehen. Arbeiten gehen und am Nachmittag eine große Runde mit Leja, das ist einfach zu wenig.

Ich habe mir überlegt, die Zeit bis zur Abfahrt damit zu verbringen, meine Freunde zu besuchen und zu erfahren, wie es ihnen geht und was gerade in ihrem Leben passiert. Denn ich muss zugeben, dass ich es nicht weiß und es damit eigentlich auch gar keine Freunde sind, sondern ehr Bekannte. Mag sein, dass diese Entwicklung irgendwie normal ist, je älter man wird. Aber wenn ich darüber nachdenke, bemerke ich, dass es bei mir noch nie anders war. In meine kleine Welt passte eben niemand anderes herein. Der einsame Wolf streift durchs Leben und versteckt sich. Wenn ich Bekannte auf der Straße sah, war meine erste Reaktion tatsächlich immer Verstecken. Klar, bloß nicht ein paar Worte wechseln oder sich gar auf ein Bier verabreden.

„Einsamkeit macht krank" hieß die Überschrift eines Artikels, den ich gestern in der Zeitung las. Sich einsam zu fühlen, ist ein Warnsignal des Körpers, dass die momentanen sozialen Kontakte nicht ausreichen, hieß es darin. Aber wenn ich etwas kann, dann Warnsignale ausblenden. So langsam verstehe ich, warum ich laufend krank bin. Naja, Erkenntnis ist der erste Schritt zur Besserung.

Freitag 26.01.2017

Seit ein paar Tagen hat sich mein Denken und Fühlen in Sachen Marie etwas beruhigt. Ganz egal, ob wir wieder zueinander finden oder jeder seines Weges geht, für mich sind beide Optionen absolut in Ordnung. Die Zeit wird zeigen, wo es langgeht. Ich bleibe jedenfalls bei meinem Plan: Zwei, drei Monate auf dem Oberhof helfen, Energie tanken und dann Tischlerlehre in Österreich. Naja, Stand jetzt. Die erste Probearbeitswoche ist für Anfang März terminiert und ich bin mir sicher, es folgen noch zwei, drei weitere Betriebe, bei denen ich ein paar Tage verbringen werde. Danach lasse ich einfach meinen Bauch entscheiden.

Keine Ahnung, wie ich es geschafft habe, aber Marie und ich haben nächste Woche den ersten Paartherapietermin. Sei es auch nur zur Aufarbeitung der Trennung. Dass meine Frau überhaupt bereit ist, sich in einen Raum mit einem Therapeuten zu begeben, ist ein wahres Wunder. Die letzten Monate brach sie lieber alle paar Tage zusammen, heulte, schluchzte und „funktionierte“ eben einfach nur, wie sie es so schön nannte, anstatt sich etwas Hilfe zu gönnen. Insofern: auf zur Therapie! Man, bin ich gespannt. Ich weiß jetzt schon, das werden sehr intensive, lustige und hoffentlich ebenso hilfreiche Gespräche. Die Therapeutin hat keine Ahnung, worauf sie sich da eingelassen hat! Ich kann mich noch sehr gut an unsere gemeinsamen Besuche bei meiner damaligen Psychotante erinnern. In einem Raum, wo sonst geflennt wird, was das Zeug hält, lachten wir, als säßen wir in einer Comedy-Show. Damals wurde auch das Wort „Erdbeerkuchensyndrom" geboren und seither oft und gern von uns beiden genutzt. Ist ein Insider, lässt sich schlecht erklären, ohne dessen Witz zu zerstören. Egal, ich bin jedenfalls froh und denke, es wird uns beiden helfen, ganz unabhängig davon, wie es mit uns weitergeht.

Dienstag 30.01.2017

Heute war unsere erste Paartherapiesitzung bei Frau Heidemarie Brähm-von Schleinen. Was für ein Name! So zungenbrecherisch wie ihr Name, so sympathisch war uns die ältere Dame von Anfang an.

Nachdem ich endlich den Eingang bzw. die nicht funktionierende Klingel gefunden hatte, starteten Frau Brähm-von Schleinen und ich erst einmal allein, während Marie sich noch durch den Feierabendverkehr schlug.

Ich begann damit, wie wir uns kennengelernt hatten, erzählte anschließend von meinem elf Jahre andauernden Weg, mich Marie zu öffnen, und schloss meine Zusammenfassung mit den letzten anderthalb Jahren, die sich wie tonnenweise Sand im Getriebe anfühlten. Dann kam Marie dazu und übernahm den Redestab. Frau Brähm-von Schleinen hörte gut zu und stellte anschließend die richtigen Fragen. Nach neunzig Minuten regen Austauschs aller Parteien war ich zwar noch keinen Schritt weiter, aber auf alle Fälle in vielerlei Hinsicht nachdenklich und aus irgendeinem Grund verdammt sauer.

Irgendwie stand ich da wie ein „Kommste-heut-nicht-kommste-morgen" und meine Frau wie die zielstrebige, ehrgeizige Topmanagerin. Das war sicherlich sehr viel mehr meiner Auffassung und dem ein oder anderen nicht ganz ernst gemeinten Nebensatz geschuldet als allem anderen. Dennoch ließ mich dieses Gefühl nicht los und ich begann mich zu fragen, warum das so ist. Dass die Sitzung damit startete, auf Marie zu warten, die gerade hektisch durch die Stadt sauste, war demnach entsprechend bezeichnend. Tja, zum einen trifft es den Nagel auf den Kopf, denn ich bin im Moment der joblose, gelangweilte Parasit und meine Frau die überarbeitete, dauergestresste, superwichtige Führungskraft. Doch zum anderen ist es schlichtweg gelogen. Denn ich war es, der jahrelang alles bezahlte. Miete, Urlaube, jegliche Anschaffung oder was wir sonst brauchten oder wollten, bezahlte ich. Marie war Praktikantin, dann Auszubildende, dann Studentin, dann Jobeinsteigerin und dazu Auto- und Pferdebesitzerin, sprich: immer ohne Kohle. Dennoch baute ich mir, neben dem Brötchenverdienen für uns beide, eine neue Existenz auf. Ich machte abends nach der Arbeit eine Ausbildung zum Tontechniker, baute mir ein eigenes Tonstudio auf, nahm Kompositionsunterricht und versuchte alles Mögliche und Unmögliche, um mit David zusammen unsere „Band" weiterzubringen, während ich mich als IT-Support verbog. Kurz gesagt, ich arbeitete jahrelang zehn bis zwölf Stunden täglich an nur einem Ziel: Musik. Zu allem Übel ging irgendwo auf diesem Weg, genau an dem Punkt, wo ich Unterstützung gebraucht hätte, meine Frau verloren. Ich hörte auf, der Anker zu sein, an dem sie sich festhielt, und, noch schlimmer, jetzt wollte ich fliegen und sie sollte der Anker sein. Überforderung pur! Ja, das ist es, was mich so wütend macht. Es fühlt sich unausgeglichen an. Und das nicht nur in Sachen Geld.

Jahrelang redeten wir jeden Abend über Maries Probleme auf Arbeit und ebenso oft über ihre Leidenschaft fürs Reiten. Meine Kompetenz in Sachen Pferden ist angesichts der Tatsache, dass ich erst zwei, drei Mal auf einem saß, enorm. Was sich bei ihr auf Arbeit abspielte, wusste ich bis ins kleinste Detail, als würde ich selbst dort arbeiten. Doch wenn ich anfing, von der Musik zu reden, fielen bei Marie die Jalousien runter. Das verletzte mich jedes Mal so sehr, dass ich irgendwann gar nichts mehr sagte. Ich erzählte nicht, woran ich gerade arbeitete, welche Probleme ich hatte, welche Ideen mir im Kopf rumschwirrten, was ich diese Woche im Unterricht gelernt hatte oder sonst irgendetwas, das mich beschäftigte. Hin und wieder spielte ich ihr etwas vor, aber auch das nur äußerst selten und ebenso ungern. Das Einzige, was ich tun konnte und wollte, war, ihr zu beweisen, dass ich es schaffe. Mir ging es nie um Unterstützung, höchstens moralische Unterstützung. Was konnte ich schon bei ihren Arbeits- oder Pferdeproblemen helfen? Aber ich konnte da sein, zuhören, meine Meinung sagen und somit an ihrem Leben teilhaben. Ich tat es, weil es mir wichtig war. Weil ich wissen wollte, was in ihrem Leben passiert und weil es für mich selbstverständlich ist, daran teilzuhaben.

Aber das ist natürlich nur eine Hälfte der Geschichte. Die andere Hälfte ist die, dass ich, wie so oft, meine Welt verriegelte und Marie nicht teilhaben lassen wollte oder konnte. Ich habe mir nichts sehnlicher gewünscht, als dass Marie es schafft, diese Türen zu öffnen, aber das kann niemand, das kann nur ich allein. Auf wen sollte ich also wütend und sauer sein, wenn nicht auf mich selbst.

Mittwoch 07.02.2018

Vorgestern saß ich zum Mittag im Einkaufscenter. Kartoffelbox oder wie das Ding heißt. Egal, einer dieser Fressstände im Untergeschoss, bei denen man ein einigermaßen gutes Essen für einen einigermaßen vertretbaren Preis bekommt. Sitzen kann man auch, was der eigentliche Grund für meine Wahl war. Es gibt kein bescheuerteres „Mittag“, als gekrümmt auf einer Parkbank zu hocken und mit Plastikbesteck aus einer Pappbox zu löffeln. Naja, als ich da so sitze und meinen Kartoffelbrei mit Königsberger Klopsen und Kapern mampfe, läuft auf einmal von John Legend der Titel „All of me“. Klavier, Love, Love, Love, Heulerei etc. pp. Kennt man. Nichts Besonderes. Nur ist das der Song, zu dem unsere Freunde ein Video gedreht hatten und es Marie und mir auf unserer Hochzeitsfeier als Überraschung vorführten. Mir blieben also kurzzeitig Kartoffelbrei und Klops im Hals stecken, während ich meine Tränen unterdrückte. In der Öffentlichkeit heulen, macht man ja nicht. Also schön wegdrücken. So ein Schwachsinn!

Wieso muss ich eigentlich, egal wo ich stehe und gehe, als allererstes die Musik oder jegliche Geräusche wahrnehmen. Das Zeug wirkt auf meine Ohren wie Metallspäne auf einen Magneten. „Ach, ich mach mal das Radio an, während ich hier Zeugs mache" funktioniert bei mir nicht. Das geht höchstens bei stupider Arbeit oder mal beim Sonntagsfrühstück. Und selbst dabei ist es manchmal ablenkend. „Wenn ich stehe, dann stehe ich, wenn ich gehe, dann gehe ich, wenn ich sitze, dann sitze ich, wenn ich esse, dann esse ich, wenn ich liebe, dann liebe ich." Ich ergänze mal: wenn ich höre, dann höre ich!

Apropos hören. Seit ein paar Tagen habe ich jetzt ein Musikstreaming-Abo. Marie hatte es ihrer Familie zu Weihnachten geschenkt. Der fünfte Familien-Abo-Platz war noch frei und ist nun meiner. Ich gehöre also, zumindest was das Streaming angeht, noch zur Familie. Machen wir uns nichts vor, man sagt, man möchte in Kontakt bleiben, aber man gehört nicht mehr dazu. Man kann sich Mühe geben und Kontakt halten, aber wenn man nicht mehr jeden Freitagabend an Omas und Opas Saunarunde teilnimmt, ist es einfach anders. Ich gebe mir jedenfalls keine Mühe, nicht aus Faulheit, sondern aus Vernunft und dem Wissen, dass sich alles verändert hat und es sich weiter verändern wird, ob ich es will oder nicht.

Apropos verändern, und damit zurück zur Musik. Ich bin nicht der Typ, der ständig auf der Suche nach Neuem ist. Ich habe vielmehr eine streng handverlesene Auswahl an Alben, die ich alle paar Monate oder Jahre wiederentdecke, genieße, vergesse und dann erneut entdecke. Nur äußerst selten nehme ich ein neues Album in meine Bibliothek auf. Tja, auch meine Musikwelt ist ziemlich klein. Die Muster finden sich eben überall wieder. Aber das liegt in Sachen Musik eben auch an meinem Anspruch an ein Album. Es muss wie aus einem Guss von vorn bis hinten durchhörbar sein (vielleicht mit Augenzudrücken von ein oder zwei Ausnahmen). Ich meine, genau darum geht es doch, wenn man ein Album produziert: Man schafft eine Welt, eine eigene Stimmung, eine spezielle Atmosphäre. Pearl Jam „Ten“, Niels Frahm „Felt“, Air „Talkie Walkie”, Stephan Bodzin “Liebe ist ...”, Sade “Stronger Than Pride”, Erykah Badu „Baduizm“, Kendrick Lamar „Good Kid, M.A.A.D city“ ... Play drücken, eintauchen, Ende, auftauchen.

Apropos auftauchen. Mein iPod hatte vor ein paar Monaten das Mitwaschen in meinem Rucksack mit Arbeitsverweigerung und ein paar Klickerklacker-Geräuschen quittiert. Insofern entdecke ich nun dank Musikstreaming und meinem neuen Telefon meine Musiksammlung wieder und gebe ungehörten Alben nun auch öfter mal die Chance, sich einen Platz in der selbigen zu verdienen (bisher hat es noch keins geschafft). Das sind für mich Meilensteine (!) und heißt übersetzt, ich öffne die Türen und Tore meiner Welt sperrangelweit.

Apropos Türen öffnen. Als ich gestern Talib Kweli & Hi-Tek „Reflection Eternal“ wiederentdeckte, stolperte ich über den Titel „Move something“. Den hatte ich für unseren Ausmarsch aus der Dorfkirche (Standesamt) nach der Trauung ausgesucht. Nach elf Jahren endlich geschafft, Unterschrift drunter, Ring drauf, alle Mann raus, los geht’s ... Move something! Passte einfach wie Arsch auf Eimer. Ich wette, wir waren das erste Paar, das die Nutzung der vorhandenen, quäkigen Hi-Fi-Anlage verweigerte und stattdessen Aktivboxen und Stative mitbrachte. Haha, geil! Naja, und wo ich nun mit meinen Gedanken eh schon in der Kirche rumstand, war die Erinnerung an den Moment nicht mehr weit, als die Tür aufging und meine atemberaubende Frau an der Seite ihres Opas eintrat, während Nils Frahm den ersten Akkord in seinem Stück „Said and Done" in die Tasten schmiegt. Ein perfekter Moment. Also, falls ich jemals wieder heiraten sollte, wird es verdammt schwer, diese Musikauswahl zu übertreffen.

Apropos auswählen. Ich schlittere noch immer täglich hin und her zwischen einer bodenständigen Zukunft als Tischler mitten in den wunderschönen Bergen und der Halbtagsstelle an der Schule mit der Möglichkeit, meiner Musikleidenschaft (in welcher Form auch immer) weiter zu folgen. Schaffen würde ich beides. Funktionieren würde auch beides ... Ruhe, Zufriedenheit, Glück, Ankommen und so. All das kann nur von innen kommen. Okay, habe ich mittlerweile verstanden. Aber wie macht man das nun, verdammt nochmal? Ich hoffe doch sehr, dass meine Theorie „Genie = Wahnsinn, Dummheit = Glück" sich als falsch erweist, denn ich stehe anscheinend irgendwo dazwischen. „Mittelmaß = Unzufriedenheit" trifft es damit wohl am ehesten. Wie machen die Leute das mit der Lebensenergie und Lebensfreude? Wahrscheinlich machen sie es einfach aus dem Bauch heraus. Ahh, Bauchgefühl ... mein neues Steckenpferd. Und falls es das nicht ist, sind es nur noch zwei

Jahre bis vierzig, dem sogenannten Alter der geistigen Klarheit (habe ich vor kurzem in einem Buch gelesen). Licht am Ende des Tunnels!

Freitag 09.02.2018

Die heutige Paartherapiesitzung haut mal wieder richtig rein. Nach neunzig Minuten ist mir klar, dass ich zwar über jede Menge Selbstvertrauen verfüge, mein Selbstwertgefühl jedoch gegen null geht. Und wer ist schuld? Wie immer die Eltern! Blöd ist nur, dass die es eben selbst nicht besser konnten. In den Worten von Frau Brähm-von Schleinen heißt das: „Sie haben gegeben, was da war. Erst wenn man nichts mehr fordert und ohne Wut oder Vorwurf akzeptiert, dass es nicht mehr gab, hört man auf, Kind zu sein." Macht Sinn. Ist nur leider nicht so einfach, wie es sich anhört. „Was müsste ihr Vater sagen, um alles gutzumachen?", fragte mich die Therapeutin. Meine Antwort ließ ein paar Sekunden auf sich warten und überraschte mich dann selbst: „Es tut mir leid, ich konnte es nicht besser. Ich liebe dich!"

Zum Abschluss der Sitzung gibt es noch eine Veranschaulichung von Maries und meinem Status quo von Abhängigkeit und Freiheit. Frau Brähm-von Schleinen zeichnet eine imaginäre Linie im Raum und versieht das eine Ende mit der Aufschrift „Beziehung" und das andere mit „Autonomie". Dann fordert sie uns auf, uns darauf zu platzieren. Ich stelle mich stolz in die Mitte, während meine Frau sich komplett auf die Seite der Autonomie schlägt. Wäre dahinter nicht die Zimmerwand gewesen, wäre sie wohl noch zwei Meter weitergegangen. Klasse! Es hat mich elf Jahre und einige graue Haare gekostet, mich vom autonomen Extrem hier ins ausbalancierte Zentrum zu meiner Frau zu begeben. Aber kaum dass ich angekommen war, verabschiedete sie sich in Richtung Freiheit, wo sie nun trotzig-stolz verharrt. Jedenfalls kommt es mir so vor.

Freitag 23.02.2018

Bei meinem vorerst letzten Stammtisch heute mit den Jungs schenkt mir Janek ein kleines, schwarzes Notizbüchlein. Ich liebe diese Dinger und ich liebe es, darin mit Bleistift zu schreiben. In diesem Buch werde ich alles festhalten, was mit „Finden" und „Suchen" zu tun hat. Umso passender, dass Janek auf den Papiereinband „Finde" geschrieben hatte. Das hier ist mein erster Eintrag:

„Finden ... mmh, also, ich finde meine aktuelle Situation ziemlich doof. Aber dennoch weiß ich, dass es das Leben ja nur gut mit mir meint. Nicht: ich denke also bin ich. Sondern: ich finde also suche ich. Bei der Paartherapie habe ich auch schon einiges gefunden. Herausgefunden, um genauer zu sein. Das Finden ist dabei zwar erst der Anfang eines noch langen Weges, wie es scheint, aber ich finde das schon mal sehr gut. Vor allem, dass Marie sich darauf eingelassen hat, obwohl sie fand, dass ja eigentlich alles in Ordnung ist."

Samstag 24.02.2018

Nachdem ich mich gestern beim Stammtisch von meinen engsten Freunden verabschiedet hatte, klingelt mein Wecker heute bereits um 3:25 Uhr. Mein Vorsatz, die restliche Zeit in Berlin zu nutzen, um meine Freunde zu besuchen, habe ich ganz gut umgesetzt. Mit dazu gehört heute der Besuch von Allan, Lena und ihrer acht Monate süßen, kleinen Nelli in der Nähe von Rom.

Ich habe schon wieder Sinusitis und finde es zum Kotzen. Ich habe jedoch beschlossen, die Sache so gut es geht zu ignorieren. Im Moment kann ich eh nichts dagegen tun. Die Zeit auf dem Land wird hoffentlich Besserung bringen. Also ab zum Flughafen trotz Kopfschmerzen, Rotz und dem Gefühl, am liebsten einfach nur im Bett liegen bleiben zu wollen.

Der Flieger startet um 6:30 Uhr bei klarem Himmel und landet zwei Stunden später in einem grauen Brei und endlosem Regen. Bella Italia! Dementsprechend kurz fällt die Stadtbesichtigung aus. Umso ausführlicher, und damit auch zeitintensiver, ist dafür jeglicher Handgriff des relativ frischgebackenen Elternpaares. Dass Allan perfektionistisch und pedantisch ist, wusste ich. In Kombination mit einem Baby, einer einjährigen Europareise und einem Bully-Bus nimmt dies jedoch überaus herrlich absurde Formen an. So arbeiten wir eine ungefähr dreißig Punkte starke Checkliste ab, bevor wir losfahren oder aussteigen. Standpunkt markieren, Schritte/Tracking/oder irgendwas App starten, GoPro ein/ausschalten, alle Armaturenfächer öffnen/schließen, Babysachen durchgehen, Hundesachen kontrollieren, etc. pp. Das Navi schien sich dem ebenfalls anzupassen und meldete auf der Fahrt alle paar Sekunden „Achtung!“. Doppelkurve, Stoppschild, Ampel, Überholverbot ... ach, was weiß ich. Ich gab es irgendwann auf, die Achtung-Gründe zu suchen, und schlief völlig unachtsam ein.

Wir fanden trotzdem den Weg zur Ferienwohnung, circa 200 Kilometer entfernt von Rom, und nach Kaffee und Keksen auch etwas Ruhe zum Reden. Dabei stolperte ich über eine Erkenntnis, die zwar wiederum nur ein Anfang ist, aber immerhin. Nämlich: Die eigene Stärke ist das, was keinerlei Überwindung bedarf. Ganz im Gegenteil, es macht Spaß und man tut es automatisch! Damit sollte sich doch in Sachen beruflicher Zukunft etwas anfangen lassen.

Dienstag 28.02.2018

Heute war unsere vorerst letzte Paartherapiesitzung. Das Gespräch holperte so von links nach rechts. Kein roter Faden und kein Ziel erkennbar. Mich nervte es, und obwohl mein Kopf bereits zwei, drei Mal einhaken und seinen Unmut darüber kundtun wollte, tat ich es natürlich nicht. Als ich wieder zu Hause bin, entlädt sich meine Wut darüber in folgenden Zeilen:

Mach die Klappe auf!
Wenn du etwas möchtest,
mach die Klappe auf!
Wenn dich etwas stört,

mach die Klappe auf!
Egal was, egal wie, egal wann,
mach die Klappe auf!
Du kannst das!!!

Als Frau Brähm-von Schleinen zum Abschied zu mir sagt: „Sie müssen wirklich noch lernen, ihre Gefühle und Bedürfnisse zu äußern“, kommt es mir fast so vor, als hätte sie den heutigen Zickzackkurs ganz bewusst gewählt. Als wollte sie mich ärgern und austesten, wie lange es dauert, bis ich endlich etwas sage.

Zumindest schaffte ich es, die Klappe aufzumachen, als Frau Brähm-von Schleinen fragte, wie ein jeder von uns sich sein Leben in fünf Jahren vorstelle. Marie begann und eierte los mit einem Ich-möcht-ja-gern-aber-weiß-nicht-so-recht-ja-darf-ich-denn-na-ich-würd-schon-gern etc. pp. Ich sagte nur kurz und knapp: „Ich werde verheiratet sein, Vater sein, in einem Haus auf dem Land wohnen und einer Arbeit nachgehen, die mich erfüllt.“ Auf die Rückfrage, mit wem ich verheiratet sein würde, zeigte ich ganz selbstverständlich auf Marie. Ich liebe diese Frau und ich weiß, sie liebt mich. Ich spüre es ebenso, wie sie es damals spürte. Und noch deutlicher als je zuvor spüre ich, dass wir zusammengehören. „Sie zeigen also ihre Liebe gerade, indem sie loslassen“, sagte Frau Brähm-von Schleinen und brachte es damit auf den Punkt. Am Samstag geht es los nach Bayern auf den Oberhof. Wann bzw. ob ich zurückkomme, weiß ich nicht.

Samstag 03.03.2018

Heute geht es los. Erst nach München, Kathi und Janne besuchen, und von dort am Sonntag weiter nach Schwartzbach zum Oberhof. Die Autobahn ist leer und der Himmel wolkenlos. Wenn Engel reisen ... herrlich! Weniger herrlich war das ganze Gepacke, Geschleppe und Gequetsche. In den letzten Wochen habe ich alles verkauft, was nicht niet- und nagelfest war. Und trotzdem blieb noch genügend übrig zum Einlagern bei Marie und zum Vollstopfen der Karre. Besitz kann ganz schön belastend sein.

Als ich die zwischengemietete Bude zum letzten Mal abschließe und den Schlüssel in den Briefkasten werfe, habe ich tatsächlich keine Wohnung mehr. Fühlt sich im Moment irgendwie gut an. Naja, der Abschied von der Wohnung fällt nicht schwer. Der Abschied von Marie gestern war dafür umso härter. Sie stellte sich im Treppenhaus auf die erste Stufe, schloss mich in ihre Arme und küsste mich. Ich unterdrückte meine Tränen so gut es ging. Wenn das überhaupt jemals gut ist. Ich wollte einfach stark sein. Das gehört für mich zum Loslassen dazu. Was habe ich davon, wenn Marie zu mir zurückkommt, weil sie ein schlechtes Gewissen hat. Nein, wenn sie zurückkommt, dann nur, weil sie mich liebt und für sich entscheidet, dass alles gut ist, so wie es ist.

In München angekommen, empfängt mich Kathi, wie immer als der Sonnenschein, der sie eben ist. Ich lege meine Sachen im Gästezimmer ab und dann geht es direkt weiter zum „Bapas“. Kathi und Janne sind eingeladen zum einjährigen Jubiläum der bayrischen Tapas-Bar (daher der Name „Bapas“). Wir quetschen uns mit an einen Tisch und genießen einige Haselnussschnäpse aufs Haus sowie die bayrischen Tapas. Ich erzähle hier und da, dass ich die nächsten Monate auf einem Bauernhof arbeiten werde, und wie immer finden das alle „echt super“. Komisch, dass es trotzdem keiner macht. Gegen halb zwei machen wir uns auf den Weg nach Hause. Die ernsteren Themen vertagen wir auf das Frühstück am nächsten Morgen.

Der Flur und das Gästezimmer sind voll mit Regalen und diese wiederum mit unzähligen Schuhen, Pullovern und T-Shirts. Ich mag die gedämpfte Akustik ihrer wandhohen Regale vor den abgetönten Wänden und schlafe selig ein.

Mittwoch 07.03.2018

Seit drei Tagen bin ich nun also im schönen Schwartzbach in Oberbayern. Oberbayern, weil oben gelegen, also nicht Norden, wie ich erst dachte, sondern hoch, im Sinne von Berge (Niederbayern unten, also tief ... macht Sinn). Hier wohne ich bei Tischlermeister Thomas und der angehende Konditormeisterin Daniela. Was für eine Kombination!

Untergebracht bin ich in einer aufgemöbelten Baumarktholzhütte circa fünfzig Meter hinter dem Hof, an einem kleinen Hang gelegen. Mein neues Reich misst circa drei mal vier Meter und ist mit einem Ofen und einer uralten Schlafcouch ausgestattet. Ich wusste schon, warum ich meine Matratze einpacke. Ansonsten gibt es keinen weiteren Luxus wie Strom oder andere unnütze Dinge. Thomas zeigt mir kurz, wie der Ofen angeht, dann schlafe ich gutgenährt und geräuchert ein. Die Klamotten bleiben deswegen erst einmal im Auto.

Nachdem ich die ersten beiden Tage vor allem mit Laubharken und Äste-Zusammentragen verbracht habe (Frühjahrsbaumschnitt), werde ich heute in den Radlader eingewiesen, mit dem man, wer hätte es gedacht, zum Beispiel Äste zusammentragen kann. So macht das auf jeden Fall sehr viel mehr Spaß, sehr viel weniger Arbeit - und ein Mega-Osterfeuer. Ah, jetzt versteht der doofe Stadtmensch auch diese Osterfeuertradition.

So langsam pegelt sich ein gewisser Alltag ein. Aufstehen um acht Uhr, frühstücken, schaffen, Päuschen, schaffen, Päuschen, schaffen, duschen, Abendbrot (Daniela kocht, wie erhofft sehr gut), den Tag ausklingen lassen in der gemütlichen Wohnküche (weiß gekälkte Holzwände, alte Möbel und Lampen, Kaminofen etc.), pennen, nachts zweimal aufstehen und schlaftrunken von meiner „Terrasse" pinkeln, weiter pennen, aufstehen um acht Uhr etc. pp.

Als ich den ersten Feierabend mit einem Bierchen kröne, ist der IT-Support zu Besuch in Thomas' Büro. Ich lehne mich zurück und genieße die Show. Thomas: „Mich macht das ganze Zeug wahnsinnig." Ja, mich auch, denke ich. Thomas legt nach: „So 'ne SDD ist aber schon empfehlenswert, oder?", dann noch einen drauf: „Ach, und dann macht man das per Drag-and-Copy, ja?" Haha, Drag-and-Copy, herrlich! Das Schlimme ist, ich verstehe sofort, was er meint. Zehn Jahre IT-Support haben tiefe Spuren hinterlassen. Die Nummer ist kaum zu toppen, der sterbenslangweilige IT-Futzi, Mitte vierzig mit Seitenscheitel, V-Kragen und Brille, versucht es dennoch.

Beim Kampf mit dem Drucker geht er in die Vollen: „Also, jetzt hat mich aber der Ehrgeiz gepackt, jetzt will ich das auch unbedingt hinbekommen." Na Mensch, du Draufgänger! Aber damit nicht genug: „Für mich war das schon immer leicht verständlich, obwohl ich ja nicht zur Generation der sogenannten Natives gehöre." Er meint wohl Digital Natives. Egal, weiter: „Das ist also mein Traumjob, könnte man sagen." Mein Beileid, du Non-Native! Nachdem der Herr gegangen ist, fragt mich Thomas kurz nach meiner Fachmeinung zu der Nummer. Ich belasse es bei einem „Das hat er schon gut gemacht". Thomas versteht eh nur Bahnhof und ich überlasse dem V-Kragenmann gern die IT-Bühne. Gute Nacht!

Donnerstag 08.03.2018

Als ich heute Morgen aufwache, merke ich, dass ich ziemlich angeschlagen bin. Dennoch versuche ich, es locker zu nehmen und einfach so zu arbeiten, wie es eben geht. Gestern hatte ich angefangen, die Leisten einer Holzbank zu erneuern, aber die Sonne lacht und so entscheide ich mich gegen die dunkle Werkstatt und fürs Beete-Umgraben. Der Boden ist so lehmig, dass er wie Bleikaugummi an meinen Sohlen und am Spaten klebt. Es ist verdammt anstrengend und doch wunderschön. Immer wieder halte ich inne, schaue mich um und genieße den Moment. Ich bin mitten auf dem Land bei strahlendem Sonnenschein, buntem Vogelgezwitscher und halte einen Spaten in

der Hand. Mag sein, dass das Leben nicht gerade einfach ist, aber so kompliziert, wie wir es uns oft machen, ist es auch wieder nicht. Als ich gegen fünfzehn Uhr fertig bin, geht es mir wieder gut. Keine Ahnung, wie das geht, aber es geht.

Thomas hat Besuch von Gert, einem alten Freund, der hier aus der Gegend stammt, aber schon seit über dreißig Jahren in Hamburg wohnt und arbeitet. Gert ist Mitte fünfzig, hat graue Haare bis zum Kinn, eine breite Sonnenbrille auf, sagt gern Sachen wie „E-Commerce" oder „open-minded" und erklärt am allerliebsten jedem, der es hören will oder auch nicht, wie die Welt funktioniert. Sein Redeschwall ist den ganzen Abend nicht zu stoppen und strömt in jegliche Richtungen, angefangen von Webseitenprogrammierung über detaillierte Anleitungen zum Polieren von Edelküchenbrettern (die er eine Zeit lang verkauft hat) bis hin zu den Geheimnissen der Shelterübernachtungen in Dänemark. Es gibt nichts, wozu Gert nichts zu sagen hätte. Daniela und Thomas halten ganz gut mit (ich versuche es erst gar nicht) und so fallen sich alle drei gegenseitig ins Wort, während ich lausche, hier und da mal etwas einwerfe und mich ansonsten aufs Essen konzentriere.

Freitag 09.03.2018

Als Thomas gestern beim Frühstück vorsichtig nachfragt, ob ich mich unwohl fühle, weil ich so schweigsam bin, kommt aus meinem Mund bereits: „Nee, nee...alles in Ordnung", noch bevor mein Kopf überhaupt überlegen kann, was ich denn jetzt am besten antworte. Unfassbar, es ist, als stünde ich neben mir und beobachtete mich selbst. Natürlich ist nicht alles in Ordnung! Erstens: Der Kühlschrank ist widerlich. Gerhards Kühlschrank war dagegen ein Prachtstück. Das Ding hier stinkt, klebt, ist dreckig und vollgestopft. Kurz gesagt, einfach widerlich. Zweitens (apropos widerlich): Als ich am Mittwoch frühstücke, sitzt Thomas auf dem Klo (Bad und Toilette sind getrennt, so dass man hinterher zum Händewaschen durch die Küche ins Bad gehen muss). Als er nach längerer Sitzung zurückkommt, greift er direkt zum Toastbrot anstatt zur Seife. Zum Glück war ich schon satt. Aber auch hier sage ich nichts. Drittens: Heute morgen erzählt mir Thomas, dass (wie jedes Wochenende) seine Kinder kommen und er mit ihnen gern etwas Privatsphäre hätte, da er sie eben nur am Wochenende sieht. Das wäre doch verständlich, sagt er. Ja, das ist es. Mir zur Holzhütte ohne Strom als Alternativrückzugsort den Kornspeicher mit Strom, Minifenster, verstaubter Couch, mitten im Raum stehender Kühltruhe und alter Matratze in der Ecke anzubieten, ist jedoch nicht verständlich und schon gar nicht in Ordnung. Aber auch hier kommt aus meinem Mund kein einziges Wort. Die Nachricht, dass ich ab Montag bei der Tischlerei Steininger in Tirol eine Woche Probe arbeiten kann, kommt wie gerufen. Ich packe meine Sachen, frage Kathi und Janne, ob ich am Wochenende bei ihnen in München pennen kann, und sitze auch schon im Auto. Ich bin froh, dass es nur knapp eine Stunde Fahrt ist und ich mich bei ihnen so wohlfühle.

Donnerstag 15.03.2018

Als ich letzten Montag in St. Ulrich ankomme, fühle ich mich einsam und bin traurig. Ich mag Österreich und war so oft allein zum Snowboarden hier, aber diesmal fühle ich mich einfach nur fehl am Platz. Es gibt kein Zuhause, zu dem ich nach einer Woche zurückkehre, und kein Snowboarden. Die Tischlerlatzhose überzustreifen und meine Arbeitsschuhe anzuziehen, fühlt sich demnach ebenfalls fremd an. Ich mache es trotzdem und starte meinen ersten Arbeitstag um dreizehn Uhr.

Meine Begrüßung Schrägstrich Einweisung ist kurz und knapp. Ich erfahre gerade mal die Namen der beiden Kollegen, mit denen ich die nächsten vier Stunden kalibriere (schleifen auf Maß). Die Tischlerei ist riesig - eine Halle größer als die andere, CNC-Fräsen wohin man schaut, vollautomatisches Plattenlager, fünfzehn Tischler, fünf Bürodamen und ein Arbeitstempo weit entfernt von Gerhards Kriechspeed. Die ersten drei Tage verbringe ich damit zwanzig Eiche-Massivholztüren zu schleifen, zu bürsten, zu ölen, unzählige Male zu wenden und schließlich zum Verpacken zu tragen. Ich würde sagen, ich hatte jede Tür mindestens zehnmal in der Hand. Klotzen, klotzen, klotzen! Kotzen, kotzen, kotzen! Und trotzdem macht es heute klick. Ich mag das geschäftige Wuseln, die wortkargen Kollegen, die stupide Arbeit, das Laufen durch die Hallen und selbst die unsympathische Tröte, die jeden Tag pünktlichst Arbeitsbeginn, Pause und Feierabend eintrötet. Ja, ich glaube, ich werde echt Tischler ... und zwar hier in den Bergen!

Samstag 17.03.2018

Heute belohne ich mich selbst für mein Durchhaltevermögen. Der Wecker klingelt um kurz nach sechs Uhr. Ich frühstücke, hole meine Snowboardsachen aus dem Auto und nehme die erste Gondel im nächsten Skigebiet Saalbach-Hinterglemm. Das letzte Mal, dass ich hier war, ist genau zehn Jahre her. Ich hatte gerade meinen Plattenladen verkauft, Marie verlassen und startete ein neuen Lebensabschnitt mit einem sechsmonatigem Aufenthalt als DJ in Österreich, genauer gesagt, hier in Saalbach-Hinterglemm. Das Schicksal ist doch so ein Schelm!

Als ich in der Gondel stehe, merke ich, dass ich vergessen habe, meine Brille im Auto zu lassen. Mist! Ich steige also an der Mittelstation aus, nehme die falsche Piste und stehe gleich mal an einem geschlossenen Tellerlift. Guter Auftakt! Die Liftboys sind begeistert, als ich auch noch ihre Absperrstange umwerfe, und begrüßen mich entsprechend gut gelaunt. Ich motze zurück, warum die Piste offen ist, wenn ihr Scheißlift erst dreißig Minuten später aufmacht, und wieso ich dafür auch noch fünfzig Euro löhnen darf. Mächtig stolz auf mich selbst fahre ich kurz darauf, festgekrallt wie ein Affe am Tellerlift, den Berg hinauf (Tellerlift und Ski = 1A, Tellerlift und Snowboard = Krampf). Der restliche Tag auf der Piste ist dafür umso schöner. Die Wolken und der Nebel lichten sich, ich ballere die Pisten runter, gönne mir zum Mittag die Salzburger Bratwurst mit Bratkartoffeln und Sauerkraut, sowie einen großen Almdudler und kehre gegen vierzehn Uhr zufrieden ausgepowert noch auf einen Germknödel ein. Ich fühle mich noch immer etwas einsam, aber ganz sicher nicht mehr fehl am Platz.

Nachdem ich geduscht habe, rufe ich Henrike an und berichte von den letzten Wochen. Sie macht das Gleiche und so reden wir über nicht gewaschene Hände und ihre sich anbahnende Trennung von Micha. Tja, wie meinte Ullrich vor einigen Monaten zu mir? „Beziehung ist in erster Linie Stress." Andere nennen es Arbeit. Wie auch immer, die kleinen, großen und/oder unüberwindbaren Probleme tauchen früher oder später immer auf. Und daher bleibe ich dabei. Es ist egal, mit wem man zusammen ist. Erst recht, nachdem ich die Buchempfehlung von Frau Brähm-von Schleinen „Die 7 Geheimnisse der glücklichen Ehe" gelesen habe bzw. noch dabei bin. Der Titel hört sich nach einem weiteren Buch à la „Warum Männer nicht zuhören und Frauen schlecht einparken“ an, aber ich finde es verdammt gut und vor allem hilfreich. Was nutzt es mir, zu wissen, warum Frauen bzw. Männer so sind, wie sie sind. Ich will wissen, wie man, trotz unlösbarer Probleme, Hürden und Macken, glücklich zusammenleben, zusammenwachsen und zusammen wachsen kann! Dieses Buch verrät es mir. Nach einer Stunde haben wir ausgeplaudert und Henrike hat eine neue Buchempfehlung. Vielleicht passt es ja tatsächlich nicht richtig oder vielleicht gibt es „richtig passen“ tatsächlich nicht. Henrike wird es herausfinden.

Mittwoch 21.03.2018

Seit gestern Nachmittag bin ich zurück auf dem Oberhof. Doch schon diesen Freitag geht es wieder nach Österreich für die nächste Probewoche. Die Tage bei der Tischlerei Steininger waren gut, aber nachdem ich Montag mein Bewerbungsgespräch bei Josef Mayer hatte, ist alles andere zweite Wahl. Josef bietet mir das Du an, nimmt sich eine halbe Stunde Zeit für mich, ist nicht mal ansatzweise schickimicki (im Gegensatz zu seinen Kunden und Arbeiten – Chalet-Ausbau etc.), sondern sehr sympathisch und offen, was die Ausbildung eines 38-jährigen Typen aus Berlin angeht. Der Produktionsleiter nimmt sich ebenfalls eine halbe Stunde Zeit, mir die Werkstatt zu zeigen. Und die hat es in sich! Höhenverstellbare, ausziehbare, mobile Arbeitstische, durchdachtes Nachbestellungssystem für Verbrauchsmaterialien, wöchentliches Meeting zur Besprechung von Arbeitsschutz, Optimierung der Arbeitsabläufe, Ideen zur Eindämmung von Materialverschwendung etc. pp. Die Kollegen sind freundlich und man merkt gleich, hier geht es um Qualität, nicht Quantität. Ich bin rundum begeistert ... kein Vergleich zu Steininger! Josef würde mir für die Ausbildungszeit vielleicht sogar die Wohnung des ehemaligen Geschäftsführers überlassen. Hammer! Also, eins ist klar, genau hier und sonst nirgends möchte ich lernen!

Die Nacht von Montag zu Dienstag habe ich wieder bei Kathi und Janne in München verbracht. Die Woche auf dem Oberhof ist also sehr kurz und vielleicht schon meine letzte. Wer weiß, wenn die Probewoche bei Josef Mayer so ist, wie mein erster Eindruck war, bleibe ich hoffentlich direkt da. Ich bin froh, dass Gerhard hartgeblieben ist und mich nicht ausbilden wollte. So langsam nimmt das ganze Form an.

Ansonsten verbringe ich den heutigen Tag im Freien. Die Sonne scheint, der Schnee schmilzt und ich stehe glücklich im Matsch und bediene stundenlang den Holzspalter bzw. sechzehn Tonnen Spaltkraft. Alter Spalter! Keine weitere Sekunde meines Lebens möchte ich mehr im Büro verbringen. Nein, das hier, das ist Arbeiten!

Freitag 23.03.2018

Nach einer weiteren Runde Holzspalten mache ich nach der Mittagspause Feierabend, packe meine Sachen, gehe duschen, kredenze mir noch einen Milchkaffee (so eine richtige Kaffeemaschine ist schon geil!), durchsuche den Kühlschrank nach verschlossenen Lebensmitteln zum Mitnehmen, packe ein großes Glas Früchtejoghurt sowie ein paar Pils ein und sage in Gedanken „Servus!", als ich vom Hof fahre. Die Zeit hier war eigentlich gut, aber ich glaube, so richtig warm würde ich mit den beiden nie werden.

Bis nach Seithbergen sind es drei Stunden Fahrt, von denen ich jede Minute genieße. Ich nehme mir Zeit für einige Fotostopps und lasse Kendrick Lamar das vorbeiziehende Alpenpanorama untermalen. Irgendwann mache ich auch so ein „Aus-einem-Guss-Album". Aber nicht jetzt.

Gegen 19:30 Uhr komme ich an. Die Wohnung von Josef und seiner Frau Ida schließt sich direkt an die Tischlerei an und ist, wie erwartet, verdammt stylisch. Ich sitze auf der Couch und plaudere mit Josef eine halbe Stunde u.a. über das Verlassen von Komfortzonen, während seine Frau Geschirr, Besteck und Bettzeug für mich zusammenpackt. Als sie fertig ist, sitzen wir eine weitere Stunde zu dritt zusammen und reden und reden und reden. Ich glaube, ich habe in der gesamten Zeit auf dem Oberhof nicht soviel geredet wie in diesen ersten sechzig Minuten mit Josef und Ida.

Dann schnappe ich mir die Kiste mit dem Geschirr und folge Ida zu meiner neuen Bleibe zwei Ecken weiter. Dunkles Echtholzlaminat, schwere, braune Vorhänge, eine riesige Ledercouch und zimmerhohe, gradlinige Einbauschränke aus massiver Eiche machen die Wohnung gemütlich, trotz einer gewissen Leere. Ich fühle mich jedenfalls schon wohl, kaum dass mir Ida den Schlüssel in die Hand drückt und mir eine gute

Nacht wünscht. Ganz automatisch lege ich meine Klamotten im Schlafzimmer in die Kommode und bemerke dabei, dass ich meine Tasche zum ersten Mal seit drei Wochen richtig auspacke. Ich deute es als weiteres Wohlfühlzeichen und gehe schlafen. Bis ich einschlafen kann, vergehen jedoch zwei Stunden. Ein Unternehmen wie dieses in Verbindung mit einem offenen, intelligenten Eigentümer, dazu die vorhandenen Möglichkeiten plus ein sechzigminütiges Gespräch über all das - und mein Kopf läuft vor Ideen bereits über. Das fühlt sich alles wirklich verdammt gut und richtig an. Ich versuche mich selbst zu bremsen, die Probewoche hat schließlich noch nicht mal angefangen. Ruhig bleiben! Jetzt erst einmal gute Nacht.

Samstag 24.03.2018

Den verpassten Schlaf wegen des Grübelns hole ich bis elf Uhr nach. Dann starte ich erneut mein Überschüttungsritual mit eiskaltem Berg(leitungs)wasser und mache mich nach dem Frühstück auf zum Waschsalon. Mein Latzhöschen soll am Montag schließlich strahlen. Während sich die Wäschetrommel dreht, drehe ich eine Runde durchs Schickimicki-Skidorf.

Hier eine kurze Szene vom Käsestand auf dem Markt. Sie, Anfang fünfzig, Designer-Täschchen, Designer-Jäckchen, blondierte Haarpracht etc.: „...and what is that?", auf den Trüffelkäse zeigend. Verkäufer: „That is truffle." Sie antwortet, affektiert auf ihre Brust fassend: „Oh, I love truffle! I take it all. I really love truffle!" Als ihr Handy klingelt, gehe ich schmunzelnd, oh-I-love-truffle-nachäffend, weiter und investiere ein paar Minuten später fünfzig Euro in ein schlichtes, schwarzes Lederportemonnaie. Oh, I love Leder! Das Ritual zum Kreditkartenumzug unternehme ich bei Knallersonne und Pils auf der Terrasse eines Gasthofs mit Traumblick auf die Berge. Oh, I really love Berge!

Sonntag 25.03.2018

Ich stehe gegen 9:30 Uhr auf und warte auf den Herrn, der extra aus der Slowakei zur Abholung meines Prophet-VS anreist (mein letzter verbleibender Synthesizer Schrägstrich Staubfänger). Dass ich das sperrige Monster von Berlin nach München, dann nach Schwartzbach und schließlich bis nach Seithbergen zur Übergabe mitschleppe, war eigentlich nicht geplant. Heute hat die Odyssee nun wenigstens ein Ende. Ein kleines bisschen tut es weh, als er mein restliches Tonstudio auf seiner Rückbank verstaut und damit davonfährt.

Eigentlich wollte ich den Tag nutzen, um die Ski-Pisten unsicher zu machen. Aber irgendwie ist mir nicht nach Snowboarden, also gehe ich wandern. Kurz im Internet gecheckt, eine Route ausgewählt, die Kamera umgeschnallt und los.

Die Berghütte, von der aus die Wanderung startet, ist nur einen Katzensprung entfernt. Doch die Straße dorthin ist (noch) gesperrt. Dass mir mehrere Tourenskifahrer entgegenkommen, nachdem ich das Auto parke und beschließe, die angegebenen zweieinhalb Stunden bis zur Hütte zu wandern, macht daher Sinn. März ist definitiv noch keine Wandersaison. Naja, mich stört's nicht, auch wenn das Laufen auf dem

Sulz verdammt anstrengend ist. Mit einem freundlichen „Grieß di“ (mein neuer Lieblingsgruß) nicke ich jedem verdutzten Skifahrer zu und kämpfe mich weiter bergauf.

Die Temperaturen schwanken praktisch im Sekundentakt zwischen ganz-schön-frisch-ich-glaub-ich-mach-den-Schal-wieder-um und Scheiße-is-mir-heiß-der-Wollpulli-bringt-michum, doch die Aussicht ist jedes Ausanziehen wert. Nach gut zweieinhalb Stunden, auf 1.500 Metern, verlieren sich die Skispuren. Ich irre noch etwas zwischen den Weggabelungen hin und her, mutmaße, wo es weitergehen mag, markiere die Stelle mit etwas gelbem Schnee und kehre schließlich um. Machen wir uns nichts vor, die Hütte ist eh dicht. Nächster Versuch dann also im Sommer. Der Abstieg geht recht schnell. Nach

einer knappen Stunde bin ich, samt durchnässten Socken vom Einsinken in den Schnee, wieder am Auto.

Den Nachmittag lasse ich im Restaurant ausklingen und lese dabei die ersten dreißig Seiten „Auf dem Jakobsweg" von Paulo Coelho, welches mir Maries Mutter zum Abschied schenkte. Ihre Widmung lautet: „Für Christian, den Tapferen. Schon oft gelesen und immer wieder neu entdeckt. Der Weg ist das Ziel."

Genauso widerwillig und niedergeschlagen wie Paulo Coelho den Jakobsweg antritt, habe auch ich mich vor einigen Monaten auf den Weg gemacht. Seitdem ist schon viel passiert. In mir, als auch um mich herum. Beweg dich und es wird sich etwas bewegen. Die letzten Sonnenstrahlen des Tages sauge ich auf, während ich vor dem Haus meine Arbeitsschuhe putze. Morgen geht's los. Ich bin bereit!

Montag 26.03.2018

Der heiß ersehnte erste Arbeitstag lässt sich mit einem Wort zusammenfassen: Furnier! Ganze neun Stunden stehe ich an der Furnierpresse. Leimen, pressen, warten, Überstand abnehmen und von vorn beginnen. Das ist nicht gerade die Arbeit, die man sich vorstellt, wenn man ans Tischlern denkt. Mal ganz abgesehen davon, dass ich nach dem heutigen Tag kaum noch stehen kann, bin ich ziemlich enttäuscht und mein Kopf stellt schon wieder alles in Frage. War ja klar, wenn man solche Erwartungen schürt. Ruhig bleiben! Bei Steininger hat es auch vier Tage gebraucht, um reinzukommen. Nach dem Duschen raffe ich mich noch mal auf fürs Einkaufen und Kochen. Dann schlage ich mir den Bauch voll und gehe, völlig erschossen, pennen.

Dienstag 27.03.2018

Heute begleite ich einen Tischlergesellen auf „Montasch". Wir fahren von einem Chalet zum anderen und machen kleine Ausbesserungsarbeiten. Hier zwei Schräubchen, dort zwei Häkchen, hier ein Jalousietausch, dort die Kaminblende neu befestigen etc. pp. Die Häuser sind so riesig und beeindruckend, dass ich es kaum schaffe, mich auf den Akkuschrauber zu konzentrieren. All diese schönen Dinge für Leute zu produzieren, die anscheinend mehr Geld haben, als sie jemals ausgeben könnten, und deren größte Sorge eine schleifende Schranktür ist, fühlt sich einfach beschissen an. Noch viel schlimmer, es erinnert mich an meinen sinnlosen IT-Job, bei dem ich, für genau die gleichen Leute, unzählige Stunden damit zugebracht habe, superwichtige Videokonferenzen vorzubereiten, die dann kurzfristig abgesagt wurden.

Ich schleudere gerade schon wieder im Sekundentakt von links nach rechts. Dabei hatte ich vor wenigen Tagen noch schwören können, bereits einige Schritte weiter zu sein. Als wir am Nachmittag wieder zurück in der Werkstatt sind, helfe ich einem anderen Kollegen, der erst vor wenigen Monaten seinen Tischlergesellen machte. Es ist nie zu spät, sagt er und fügt hinzu, dass er froh ist, doch noch das Richtige gefunden zu haben. „Das Richtige" ... ich kann es wirklich nicht mehr hören! Ich habe die Schnauze voll vom Suchen, Zweifeln und Umherirren. Verdammte Scheiße, ich will einfach nur ankommen, einfach nur Ruhe! Endlich mal Ruhe! Mein Freund Georg sagt immer: „Zu leben heißt, einmal mehr aufstehen als hinfallen." Mag sein. Ich verschiebe das Aufstehen jedenfalls auf morgen und verkrieche mich bis dahin vor der Welt unter meiner Bettdecke.

Freitag 30.03.2018

Heute ist Karfreitag, was jedoch, zumindest im Salzburger Land, kein Feiertag ist. Irgendwie passt das, denn nach Feiern, ist mir definitiv nicht zumute. Der Tag startet wie jeder andere Tag meiner Probewoche um 5:40 Uhr. Aufstehen, überschütten, frühstücken und auf zur Tischlerei. Ich helfe, wie immer, mal hier und mal da, bis der Produktionsleiter und der Werkstattleiter mich zum Gespräch bitten. Die beiden kommen schnell zur Sache. Sie bedanken sich dafür, dass ich da war, aber sehen keine weitere Möglichkeit der Zusammenarbeit. Ich frage nach, was der Grund für ihre Entscheidung ist. Sie antworten, dass sie die Leidenschaft für das Tischlern vermissen. Sie sehen kein Feuer für die Sache, die es jedoch bei ihnen braucht, und denken, dass es mir daher sehr schwerfallen würde, den Beruf zu erlernen und mich ins Team zu integrieren. Gestern hatte ich sie noch gefragt, ob es denn möglich wäre, die Probewoche zu verlängern, um einen Tischlergesellen über mehrere Tage bei einem Projekt zu begleiten, anstatt „nur" viele kleine Hilfsarbeiten zu verrichten. Ich dachte, mir würde ein Ausblick auf den Tischleralltag nach der Ausbildung in meiner Entscheidungsfindung helfen. Aber ja, ich denke, sie haben Recht. Ich kann noch tausend Probewochen in weiteren hundert Tischlereien machen, es ändert nichts an der Tatsache, dass meine Augen nicht funkeln, wenn ich übers Holz streiche oder die verschiedenen Holzgerüche wahrnehme. Ich bin auf alle Fälle handwerklich begabt, ich mag Holz und ich mag es, daraus etwas zu bauen, aber mehr eben auch nicht.

Dennoch ist ihre Absage natürlich wie ein Schlag in die Magengrube. Völlig naiv, hatte ich überhaupt nicht daran gedacht, dass es von ihrer Seite aus nicht passen könnte. Enttäuscht, traurig und mit dem einem Gefühl, versagt zu haben, schnappe ich mir einen Besen und fege noch ein paar Minuten die Werkstatt, bevor ich mich, oben im Büro, bei der Buchhaltung ganz offiziell abmelde.

Ich bin froh darüber, dass sie offen und ehrlich ihre Meinung gesagt haben. Vielleicht hatte Gerhard genau das Gleiche gesehen, es sich aber nicht getraut zu sagen und hatte mich deswegen auch nicht ausbilden wollen. Ist auch egal. Mir helfen ihre klaren Worte im Endeffekt sehr viel mehr bei meiner Suche nach mir selbst als jede weitere Stunde in der Werkstatt, sei das Werkstück auch noch so interessant oder anspruchsvoll. Ich bin zwar niedergeschlagen, aber ebenso erleichtert, denn jetzt ist eins sicher ... ich bin kein Tischler!

Dienstag 03.04.2018

Ich stehe heute um sieben Uhr auf, mache die Bude sauber, packe wieder einmal all meine Sachen ins Auto (mittlerweile habe ich ein perfektes System entwickelt) und mache mich auf den Weg zur nächsten Station. Bevor es jedoch zu den Tonkunststudios in Priezdorf (Niederösterreich, nähe Wien) geht, bringe ich noch das Geschirr und die Bettwäsche zurück. Ich stelle die Sachen bei Ida und Josef vor die Haustür, drehe eine Verabschiedungsrunde durch die Werkstatt und dann durchs Büro. Als mir Josef über den Weg läuft, winkt er mich sofort zu sich herein. Er sagt, dass er die Sache etwas anders einschätzt als die beiden, und er um deren Engstirnigkeit weiß. „Das sind die Berge ...", sagt er und formt dabei seine Hände zu einer Presse. Ich glaube zwar, dass er mich nur etwas aufmuntern will, aber das braucht er gar nicht. Es war hart, diese Backpfeife zu verdauen, aber ich weiß jetzt, dass das hier nicht mein Platz ist, und sage deswegen geradeheraus, dass sie wahrscheinlich richtigliegen. Wir unterhalten uns noch ein paar Minuten, dann wünscht er mir alles Gute für meinen weiteren Weg und verabschiedet mich so herzlich, wie er mich vor einigen Tagen empfangen hatte.

Die fünfstündige Fahrt quer durch Österreich genieße ich bei strahlendem Sonnenschein und nutze sie, um meine Gedanken zu ordnen und ein paar neue Zukunftsideen zu entwickeln. Den Anruf bei Thomas, um Bescheid zu geben, dass ich nicht nach Schwartzbach zurückkommen werde, sondern mich stattdessen auf den Weg Richtung Berlin mache, auch wenn das nicht so ganz stimmt, schiebe ich bis kurz vor meiner Ankunft auf.

Ganz unerwartet telefonieren wir dann mehrere Minuten lang und auch er wünscht mir alles Gute: „Geh deinen Weg ...

so scheiße es auch manchmal im Leben ist, so weiß ich doch aus meinen nunmehr fünfzig Jahren Lebenserfahrung, dass sich immer etwas Neues ergibt." Er lädt mich ein, jederzeit auf dem Oberhof vorbeizuschauen, und sagt, es hat sie beide gefreut, mich kennenzulernen, auch wenn es etwas gedauert hat, bis das Eis geschmolzen war. Hmm, ich glaube, ich habe die beiden vorschnell in eine Schublade gesteckt, in die sie nicht gehören.

Nach vierhundert Kilometern fahre ich von der Autobahn ab und bin in einem Österreich, wie ich es noch nie wahrgenommen habe. Die leicht hügelige Landschaft erinnert mich an Mecklenburg-Vorpommern, nur dass hier auf jeglichem Quadratzentimeter Wein angebaut wird. Die Häuser, die Sprache, die Natur … nichts davon gleicht meinem bisherigen Bild Österreichs auch nur im Geringsten.

Max begrüßt mich mit ein paar langgezogenen Vokalen seines Wiener-Stretch-Dialekts, der auf mich sehr angenehm wirkt. Unsere Unterhaltung sprudelt direkt los und bewegt sich stundenlang von veralteter Audiotechnik über seine neuen Pläne der mobilen Orchesteraufnahme und wieder zurück, so dass ich wenige Sekunden später bereits soweit vom Tischlern entfernt bin wie Priezdorf von Seithbergen. Das hier war, ist und wird immer „das Richtige“ für mich sein. Das hier ist mein Funkeln, gespeist von jedem noch so winzigen Detail, seien es Drehknöpfe, Mikrofone, Noten, Instrumente, Sequenzer, Sounds oder Schallwellen in jeglicher Form, Frequenz und Lautstärke. Kurz gesagt … Musik! Punkt.

Zum Abendbrot werden wir, von Max’ Frau, mit geschmierten Stullen versorgt. Danach begleitet er mich zu meiner neuen Bleibe und gibt mich, müde und zufrieden, in der Ferienwohnung von Frau Ludwig ab. Die Dame ist um die siebzig, sehr um das Wohl ihrer Gäste besorgt und nennt mich, nachdem ich ihr meinen Vornamen verrate, fortan „Herr Christian“. Mir gefällt’s! Ebenso wie mein kleines Zimmer mit Bad und Granitmatratze im Obergeschoss.

Mittwoch 04.04.2018

Der heutige Tag war einfach wunderschön. Wie verabredet hatte Frau Ludwig zu zehn Uhr das Frühstück vorbereitet, begrüßte mich mit „Herr Christian" und servierte dann das Frühstück mit Kaffee und Kaisersemmeln. So heißen sie, glaube ich. Seit gestern weiß ich, wie unterschiedlich die Regionen Österreichs aussehen, doch diese hellen, runden Luftbrötchen mit den fünf geschwungenem Einschnitten gibt es scheinbar im ganzen Land ... warum auch immer. Ich lasse es mir auf alle Fälle schmecken und bestaune dabei die eigenartige, aber dennoch irgendwie gemütlich wirkende Leere des Zimmers. Bis auf eine Couch, einen Tisch mit bestickter Tischdecke, vier Stühlen und einem kitschig goldenen Beistelltischchen aus Glas und Metall, auf dem Blumentöpfe stehen, gibt es praktisch nichts. Nur die schöne 80er-Jahre-HiFi-Komponentenanlage hinter mir (Kassettendeck mit analogen VU-Metern und großen, silbernen Drehknöpfen) und das Bild an der Wand vom Sohn oder Enkel lassen vermuten, dass es sich hier tatsächlich um das Wohnzimmer handelt.

Nachdem ich aufgegessen habe, überlege ich, ob ich einen Abstecher nach Wien mache, entscheide mich aber zum Glück dagegen. Stattdessen rufe ich Max an, sage ihm, dass ich erst in zwei Tagen abreise, und frage, ob ich bei ihm im Studio etwas Zeit verbringen kann. Bevor ich dort unsere gestrigen Gedanken und Ideen zum Ausbau der mobilen Orchesteraufnahmen in meinen Laptop hämmere, drehe ich erst einmal eine Runde durchs Dorf. Die Luft ist herrlich. Es ist angenehm warm und duftet nach Frühling. Ich schieße ein paar Fotos und lasse ansonsten nur die ruhige Atmosphäre auf mich wirken. Dann schreite ich zur Tat und schreibe einige Notizen und Eckdaten zusammen.

Als ich fertig bin, fragt mich Max, ob ich mitkomme auf eine Wanderung durchs nahegelegene Thayatal. Er ist schon seit Wochen nicht richtig fit und wird, besonders heute, von seinen Nasennebenhöhlen und allem, was damit zusammenhängt, geplagt. Das kommt mir irgendwie bekannt vor und so tauschen wir im Auto Wehwehchen und Geheimrezepte aus, parken zehn Minuten später am Waldrand und starten unsere dreistündige Tour entlang der Dyje, in deren Flussmitte die Grenze zu Tschechien verläuft.

Wir reden über alles Mögliche, lassen die Gedanken und Ideen zum Studio sowie dem mobilen Recording weiterschweifen, genießen aber vor allem die Landschaft, die nach jeder Flussbiegung gänzlich anders aussieht. Ich habe keine Ahnung, ob unsere stümperhaften „Marketing"-Überlegungen überhaupt irgendwohin führen, noch, ob ich diese Aufgabe annehmen möchte, aber es weckt in mir neue Begeisterung und damit neue Lebensenergie. Insofern ist es mir völlig egal, ob ich das ganze übermorgen schon wieder verwerfe oder in zwanzig Jahren an diesen Moment zurückdenke, wo meine Karriere als Produktionsleiter, Tontechniker, Musikmanager oder Sonstewas begann bzw. neuen Schwung aufnahm. Ich bin im Hier und Jetzt. Nur das zählt!

Als wir zurück sind, lerne ich beim Abendessen die ganze Familie kennen. Bis in die Abendstunden sitzen wir zusammen, plaudern entspannt und trinken Wein aus der Region. Den kurzen Heimweg zur Ferienwohnung laufe ich und schreibe dann noch bis tief in die Nacht Tagebuch. Meinen Mut zu-

sammenzunehmen und mich auf diese Reise zu begeben, hat mir in vielerlei Hinsicht unendlich gutgetan, auch wenn ich kein Tischler werde.

Donnerstag 05.04.2018

Als ich heute Morgen ins Studio komme, laufen ein paar meiner Filmmusik-Referenzen, die ich als Hörbeispiele online gestellt und meiner Bewerbung hinzugefügt hatte. „Ich find's super!", sagt Max ehrlich begeistert und fügt hinzu: „Ich würde, an deiner Stelle, keine Zeit mit irgendetwas anderem verlieren." Verlieren? Nein, verloren habe ich ganz sicher nichts. In den letzten Wochen habe ich meine Begeisterung und Lebensenergie zurückgewonnen. Ich habe neue Perspektiven und die Erkenntnis erlangt, dass es völlig normal ist, an seiner Sache zu zweifeln. Genauso, wie es normal ist, am nächsten Morgen aufzustehen und weiterzumachen. „Hast du wirklich etwas getan, um erfolgreich zu sein?“, fragt Max und die klare Antwort darauf ist: „Nein!“ Und zwar nicht, weil ich durch die Trennung aus der Bahn geschleudert wurde, sondern weil ich selbst nicht zu einhundert Prozent an mich geglaubt habe. Dann geht Max zur Tagesordnung über und bearbeitet Aufnahmen klassischer Klaviermusik, die den perfekten Soundtrack zum Eichhörnchen-Beobachten durchs Studiofenster und meinem anschließenden Tagebuch-Schreiben bilden.

Am Abend liege ich auf dem Bett und glotze in die Röhre. Wenn man, so wie ich, seit Jahren keinen Fernseher mehr hat, ist das irgendwie schön. Ich bleibe bei ZDF Info hängen und schaue eine Dokumentation über Syrien. Assad, Giftgasangriff, Bürgerkrieg, Folter, Völkermord ... sagt mir alles etwas, aber wirklich wissen tue ich praktisch nichts darüber. Es ist wirklich peinlich, wie wenig ich vom Weltgeschehen mitbekomme.

Als die Sendung vorbei ist, frage ich mich: Was habe ich schon für Probleme? Weder ich noch jemand aus meiner Familie oder einer meiner Freunde wurde eingesperrt, gefoltert, vergewaltigt oder gar ermordet. Ich kann meine Meinung frei äußern, ich leide keinen Hunger, habe jederzeit eine sehr gute medizinische Versorgung zur Verfügung, habe ein Dach über dem Kopf und jegliche Freiheiten, die ich mir wünschen kann. All diese Dinge sind für uns völlig „normal“. Aber nur weil man etwas nicht anders kennt, ist es noch lange nicht normal. Mir geht es verdammt gut. Also, was habe ich schon für Probleme? Und was habe ich schon für Gründe, unglücklich zu sein? Relation ist in Sachen Dankbarkeit und Wertschätzung ein wirklich hervorragender Begleiter.

Freitag 06.04.2018

Heute also ein letztes Mal „Guten Morgen, Herr Christian!". Dann wieder Kaffee, Wurst, Käse etc. pp., ein kleiner Spaziergang am Studio vorbei, um mich von Max zu verabschieden, und auf geht's nach Lehnitz in Sachsen. Direkt hinter Priezdorf liegt die Grenze zu Tschechien. Ich kaufe eine Vignette für die Autobahn, schleiche hunderte Kilometer hinter LKWs her, beobachte dabei die Rehe auf den Feldern und lasse mir die Sonne aufs linke Ohr scheinen. Nach fünf Stunden Fahrt bin ich das erste Mal seit einem Monat wieder auf deutschem Boden (ja gut, Bayern ist auch deutsch) und eine weitere halbe Stunde später, bin ich, abermals, in einer ganz neuen Welt, der Welt von Familie Uhlig.

Berit, Sebastian und ihre vier quirlig gackernden Töchter begrüßen mich auf ihrem Hof nahe Dresden mit purem Durcheinander. Flur, Küche, Zimmer, Haus, Hof, Leben ... überall Chaos! Wunderbar, genauso hatte ich es mir vorgestellt, als ich ihre Beschreibung und die Bilder auf der WWOOF-Webseite gesehen hatte. Emma, Ilse, Marlen und Theresa machen alles, außer stillsitzen und die Klappe halten. Jubel, Trubel, Heiterkeit ... ach ja, die Hündin Mira ist auch noch mit von der Partie und steht den vier Mädels in nichts nach. Dazu kommen noch die beiden Hofkatzen Kasimir und Lilli sowie ein paar Pferde. Seit 2008 lebt die Familie hier und betreibt nebenbei eine Kelterei.

Nachdem Berit mit den vier aufgescheuchten Hühnern zum Schüler-Musical aufbricht, kehrt etwas Ruhe ins Haus ein, und ich stoße mit Sebastian auf ein äußerst seltenes Ereignis an: Männerabend. Danach zieht es mich zum Klavier, das im Wohnzimmer im ersten Stock (direkt neben meinem Zimmer) steht. Ich hatte es gleich bei meiner Ankunft entdeckt und seither auf diesen Moment gewartet. Während draußen die Sonne untergeht, lausche ich dem Knarren der Dielen, dem Klackern der Tasten, den lang ausklingenden Tönen und verschmelze alles in mir zu einem zufrieden breiten Grinsen, bevor ich selig ins Bett gleite.

Mittwoch 11.04.2018

Kaum zu glauben, dass ich nun schon fünf Tage in Lehnitz bin. Ich fühle mich bei der Chaosfamilie so wohl, dass ich kaum zum Tagebuchschreiben komme. Naja, dass ich abends vom Rackern todmüde ins Bett falle, fördert den Schreibfluss auch nicht gerade. Vorgestern habe ich einen Querbalken vom Baumhaus ausgetauscht und einige morsche Bretter entfernt. Gestern habe ich ein Holzlager aus ein paar Metallstangen sowie übriggebliebenen Holzleisten gebaut und heute habe ich den Tag mit der Motorsäge verbracht. Ich stehe um 7:30 Uhr auf, überschütte mich kalt, frühstücke und werkle dann den ganzen Tag, lediglich vom Mittagessen unterbrochen, im Freien. Wenn die Mädels von der Schule, vom Musikunterricht oder vom Volleyballtraining zurück sind, ist es meist gegen siebzehn Uhr und für mich Zeit zu duschen. Um neunzehn Uhr gibt es Abendbrot, danach noch etwas Klavier spielen und dann nur noch umfallen. Herrlich! Es gäbe noch so vieles zu erzählen, doch die Müdigkeit siegt, zumindest heute.

Donnerstag 12.04.2018

So richtig komme ich heute nicht in Fahrt und somit ist es mir ganz recht, dass ich Berit auf Shoppingtour zum Sägewerk sowie Baumarkt begleite, anstatt mich mit der Kettensäge über die restlichen Bäume herzumachen, die der letzte Sturm zu Boden zwang. Als wir zurück auf dem Hof sind, ist der halbe Tag rum. Während die Sonne rauskommt, lade ich Bretter sowie Gummi-Wellbleche aus und beginne mit meiner Dachkonstruktion für das Holzlager.

Als Berit das Kindertaxi startet und sich auf den Weg nach Meissen macht, starte ich meinen Feierabend und mache mich auf den Weg zum Tiefkühler. Als ich mit Eis und Kaffee fertig bin, kommt Berit mit Kids und Kuchen nach Hause. Ich lasse mich nicht lange bitten, verdrücke noch ein Stück Apfelstreusel und dokumentiere anschließend das bunte Treiben auf dem Hof mit meiner Kamera. Zweihundert Fotos später habe ich einige gute Treffer gelandet und Berit serviert draußen das Abendbrot. Die Luft ist aufgewärmt wie in einer lauen Sommernacht und so sitze ich gut genährt und ausgeruht bis es dunkel ist im Hof, sortiere Fotos und sauge die Atmosphäre in mich auf. Meine Allergie-Kopfschmerzen schiebe ich einfach beiseite und verfolge damit die Genau-das-Gegenteil-tun-Taktik, wie schon beim Tischlern. Duschen und ab ins Bett. Ein perfekter Tag!

Freitag 13.04.2018

Heute bin ich wieder fleißig, denn mein erstes Dach will gebaut werden. Bewaffnet mit einem Eimer voller Werkzeug, mache ich mich an die Arbeit. Nach sieben Stunden sägen, schrauben, grübeln, rechnen, messen, hämmern, fluchen, neu grübeln, neu rechnen, neu messen, neu hämmern beende ich mein Werk kurz vor dem einsetzenden Regen und beobachte dann zufrieden, wie die ersten Tropfen aufs Dach prasseln. Bereits wenige Minuten später klart es auf und die Sonnenstrahlen trocknen alles außer dem Holz, das dank meiner hervorragenden Arbeit nun geschützt ist.

Ich begutachte noch immer mein Werk, als mein Telefon klingelt. Ben ruft an und erkundigt sich, wie es mir geht, was ich so treibe und ob ich mich so wohl fühle, wie es auf meinen Fotos scheint. Wir reden eine Dreiviertelstunde, bringen uns gegenseitig auf den neusten Stand der Dinge und tauschen Buchempfehlungen aus.

Bereits zwei Tage später trudelt in Lehnitz „Komm, ich erzähl dir eine Geschichte“ ein. Das keine Büchlein ist geschrieben von einem spanischen Psychotherapeuten und beinhaltet viele verschiedene Geschichten zum Nachdenken und vor allem Selbstinterpretieren. Ich mag das Cover, welches einen ausgewachsenen Zirkuselefanten zeigt, der festgekettet ist an einen kleinen Holzpflock. Hiervon handelt gleich die erste Geschichte. Die griffigen Seiten fühlen sich gut an und die Erzählungen treffen indirekt oder direkt immer ins Schwarze.

Als ich Ben sage, dass ich nach der Klatsche bei Josef Mayer gedanklich schon fast wieder in Berlin war, erwidert er schlagartig: „Komm bloß nicht nach Berlin!" Der Satz hallt noch lange nach. Aber er hat Recht! Ich wüsste nicht, was ich zurzeit in Berlin zu suchen hätte. Wir legen auf, ich räume das Werkzeug zusammen, gehe duschen und verziehe mich nach dem Abendbrot auf mein Zimmer. Ich öffne das kleine Fenster über meinem Bett soweit es geht, lausche dem hereinbrechenden Gewitter und schreibe dabei Tagebuch.

Samstag 14.04.2018

Heute Morgen ist die Bude sturmfrei. Sebastian, Berit und die Mädels sind schon früh nach Meissen aufgebrochen zu einer Veranstaltung in der Schule. Zur anschließenden Wanderung werde ich später dazustoßen. Doch bis dahin ist noch Zeit, die ich mit Aufräumen, Kochen und vor allem in Ruhe Frühstücken verbringe.

Wie ich bei Gerhard als auch bei Thomas und Daniela bemerkt habe, hat jeder seine eigene Auffassung von Ordnung und Sauberkeit. In Lehnitz stimmt diese ebenfalls nicht mit meiner Vorstellung überein. Aber es stört mich nicht oder ich habe mich mittlerweile daran gewöhnt. Alle sechs Familienmitglieder lassen jegliche Dinge dort fallen bzw. liegen, wo sie sie das letzte Mal gebraucht haben. Das komplette Haus ist ein Schlachtfeld! Bis ich Rührei, Kaffee und Erdbeerkuchen genießen kann, vergeht erst einmal eine halbe Stunde, in der ich das Chaos zumindest teilweise beseitige, damit ich irgendwo meinen Teller abstellen kann. Ich lese Zeitung, beobachte durchs Küchenfenster, wie die Sonne die Wolken wegschiebt, und schlemme gemütlich vor mich hin. Sich einfach so an fremden Kühlschränken und sonstigen Lebensmittelvorräten zu bedienen, ist für mich längst selbstverständlich geworden und so genehmige ich mir ohne zu zucken auch noch ein Radler während ich die Erbsensuppe fürs Abendbrot abschmecke.

Gegen dreizehn Uhr packe ich meine Sachen zusammen und breche auf zum Treffpunkt vor der Schule. Den Gesprächsthemen der anderen Eltern kann ich nur wenig abgewinnen. Vielleicht sind aber auch heute meine Worte einfach alle und somit bleibe ich die meiste Zeit in meiner Rolle als stiller Beobachter, was mich nicht weiter stört. Die Sonne scheint, für Picknickverpflegung ist gesorgt, und als wir auf einem Spielplatz Rast machen, borge ich mir eine Kamera und schieße zwei Stunden lang Fotos von den herumtollenden Kindern. Das Fotografieren habe ich so langsam echt für mich entdeckt. Bis ich mit der Kamera warm werde, dauert es etwas, aber die Ergebnisse können sich sehen lassen. Der Rückweg führt uns am Ufer der Elbe entlang. Ich mache noch ein paar weitere Fotos mit dem Handy, nehme Emma auf meine Schultern und albere mit ihr herum, bis wir schließlich an einer Strandbar an der Elbe ankommen.

Hier beobachten wir den Sonnenuntergang bei Bier, Bratwurst und Beachvolleyball und brechen gegen zwanzig Uhr auf nach Hause. Ein weiterer perfekter Tag, auch wenn ich mir manchmal wie das fünfte Rad am Wagen vorkomme. Ich muss ehrlich zugeben, dass ich neidisch bin auf Sebastian und Berits wuselndes, quicklebendiges Familienglück. Ich beschließe daher, mit vierzig Vater zu werden, und gehe schlafen.

Sonntag 15.04.2018

Die Sonne brennt heute ein weiteres Mal, als wäre bereits Sommer. Meine kurze Recherche im Internet bringt eine Tour um die nahegelegene Kleinstadt hervor und so mache ich mich nach dem Frühstück auf den Weg. Die Route ist leider ebenso schlecht ausgeschildert wie landschaftlich spannend. Ich parke am verfallenen Bahnhof, der an längst vergangene DDR-Tage erinnert, überquere die Gleise, steige den Waldberg hinauf, komme an dem ein oder anderen verlassenen Fabrikgebäude vorbei und mache nach dem ein oder anderen Routen-Rätselraten bzw. Umkehren eine Radler-Kuchen-Pause. Das armselige Highlight der Wanderung. Dann nehme ich die Abkürzung zurück zum Bahnhof und schenke mir die restliche Strecke. Besser wird's wohl nicht und ich bin ziemlich durch. Zu Hause angekommen, mache ich einen Nachmittagsschlaf und stehe pünktlich zum Abendbrot wieder auf.

Danach telefoniere ich eine Stunde lang mit Mutti. Oder besser gesagt, ich höre eine Stunde lang zu und werfe hier und da mal einen Wortfetzen ein. Auf die zaghaften Versuche, nach meinem Befinden in Sachen Marie zu forschen, reagiere ich ziemlich hilflos wortkarg, so dass sie zu weniger emotionalen Themen übergeht und schließlich mit den Worten: „Gut, nun haben wir genug geplaudert" auflegt. Ich hatte eigentlich keine Lust zu telefonieren, aber ich weiß, wie sehr sie mich vermisst und sich sorgt. Also tue ich es ihr zuliebe und fühle mich dadurch wieder wie ein Kind. Ich bin und bleibe ihr Sohn, aber nicht ihr Kind. Ich bin Erwachsen und möchte auch so behandelt werden. Das ist sicherlich nicht der einzige Grund für unsere Kommunikationsschieflage, aber zweifelsohne ein wichtiger.

Montag 16.04.2018

Nach den letzten sonnenverwöhnten Tagen regnet es heute ununterbrochen. Ich nutze die Chance und räume das Regal im ehemaligen Kuhstall, heute Lager und Werkstatt, auf. Gut, dass ich meinem inneren Drang, das komplette Regal zu entrümpeln, widerstehen kann und mich nur auf Werkzeuge plus Schrauben beschränke. Mag sein, dass ich Berit, Basti und ihre vierköpfige Mädchenbande noch nicht lange kenne, aber dennoch bereits gut genug, um zu wissen, dass es sich bei ihnen mit dem Ordnunghalten so verhält wie mit dem Klappehalten ... gibt's nicht!

Nach drei Stunden habe ich soweit alles, was ich zum Arbeiten brauche, geordnet. Bauen ist cool, aber die Hälfte der Zeit nur mit der Suche nach Material oder Werkzeug zu verbringen, ist einfach nur nervig. Insofern hat sich die Mühe gelohnt und wird mir bei jedem weiteren Griff ins Regal ein kleines Grinsen bescheren. Bleibt nur zu hoffen, dass meine geschaffene Ordnung mehr Bestand hat als die der Putzfrau. Sie bringt jeden Montag das komplette Haus auf Vordermann und Familie Chaos stellt den Ursprungszustand bis spätestens nächsten Morgen wieder her. Zum Glück weiß die Dame das nicht!

Nach dem Mittagessen begebe ich mich wieder in den Kuhstall und streiche den Rest des Tages die kürzlich neu verputzen Wände und Deckenbögen. Dann mache ich, im Gegensatz zum Regen, Feierabend.

Vor dem Schlafengehen, telefoniere ich, das erste Mal seit über zwei Wochen, wieder mit Marie. Sie erzählt, wie immer, direkt drauflos und ich höre, wie immer, geduldig zu. Als wir nach eineinhalb Stunden auflegen, bin ich traurig. Mir war mir nicht bewusst, wie schlecht wir miteinander kommunizieren. Doch jetzt, nach Trennung, Paartherapie, „Die 7 Geheimnisse der glücklichen Ehe“ und meiner jakobswegähnlichen Reise der letzten Wochen, springt es mir förmlich ins Gesicht und macht mich traurig. Warum es so ist, weiß ich, zumindest für meine Seite: Klappe zu, Welt zu, Riegel vor. Ich nehme mir daher vor, beim nächsten Telefonat eine Beschwerde (ohne Vorwurf) zu äußern und somit eines der sieben Ehegeheimnisse anzuwenden (als Beispiel: „Ich würde mir wünsche, dass ...“, anstatt: „Du redest immer nur von dir und fragst nie ...“). Kann nur besser werden.

Dienstag 17.04.2018

Als ich heute Morgen frühstücke, ist draußen alles in graue Nebelschwaden verpackt und meine erste Aufgabe erzeugt ebenso wenig Begeisterung wie das Wetter. Der Boden um die neu gepflanzten Obstbäume (zum Glück sind es nur sieben Stück) muss gehackt und von Unkraut befreit werden. Frisch auf ans Werk! Im Endeffekt ist jegliche Aufgabe im Freien, ganz egal bei welchem Wetter, tausendmal besser, als im Büro zu hocken. Nachdem ich fertig bin, mache ich meine Negativerfahrung mit dem Knickgelenk-Traktor, indem ich ihn und damit auch mich zu Fall bringe. Dass ich meinen Fuß oder Bein nicht darunter begrabe, habe ich wahrscheinlich meinem Schutzengel zu verdanken. Kurzer Schock! Während der letzten Tage bin ich im Umgang mit dem kleinen roten Gefährt immer mutiger geworden und somit ist das auf jeden Fall eine angemessene Warnung, um in Zukunft sehr viel besser aufzupassen.

Nach dem Mittagessen bricht die Sonne durch. Ich greife zu meinem neuen Lieblingswerkzeug, der Motorsäge, und zerstückele die restlichen abgebrochenen Äste und Bäume auf der Obstwiese. Für das Ding gilt definitiv das Gleiche wie für den Traktor. Deswegen nehme ich mir selbst das Versprechen ab, Vorsicht walten zu lassen, noch bevor ich auch hier einen entsprechenden Denkzettel erhalte.

Das Abendessen bestreite ich heute allein mit den vier Mädels. Marlen versucht sich an Kindertomatensoße und ist fest davon überzeugt, dass die Mehlschwitze mit Tomatenmark nicht nur ihr, sondern auch ihren Geschwistern schmecken wird. Lediglich Ilses Geschmacksnerven scheinen richtig zu funktionieren und lassen entsprechend die Gabel fallen: „Das ist ja widerlich!" Emma, Marlen und Theresa gackern, verdrücken dann noch die restliche Köstlichkeit und begeben sich auf direktem Weg, sprich: nicht am Geschirrspüler vorbei, zum Fernseher. Mir ist's gleich. Ich räume lediglich alle Lebensmittel in den Kühlschrank, damit sich die Katzen nicht darüber hermachen und lasse den Rest im Chaos-Style einfach an Ort und Stelle stehen.

Mittwoch 18.04.2018

Heute Morgen nehme ich mein neues Projekt „Stelzenhaus" in Angriff. Sieben Bohlen des Bodens müssen ersetzt, verschraubt und geschliffen werden. Dazu noch ein paar Kleinigkeiten hier und da. Die Sonne scheint den ganzen Tag und ich genieße jede Sekunde davon. In der einen Minute mit dem Bandschleifer, in der anderen Minute mit der Stichsäge oder dem Akkuschrauber in der Hand. Berit ruft, wie immer gegen dreizehn Uhr, zum Mittagessen. Basti arbeitet heute von zu Hause und so essen wir zu dritt. Ich nutze die seltene Gelegenheit, die beiden ohne das übliche Kindergewusel am Tisch sitzen zu haben, und sage, dass ich gern bis Mitte Juli bleiben würde. Mit ihren vier Mädels komme ich schon sehr gut aus, das Eis zwischen Basti, Berit und mir ist jedoch noch nicht so richtig getaut. Dennoch haben sie nichts dagegen und trotz meiner Schweigsamkeit denke ich, mögen sie mich und wissen meine Hilfe an Haus und Hof zu schätzen.

Vollgefuttert und gutgelaunt greife ich wieder zur Sonnenbrille und werkle weiter. Als die Mädels von der Schule zurück sind, gesellen sich Ilse, Marlen und Emma neugierig zu mir und wollen ebenso schrauben, sägen und schleifen. Ich mag meine kleinen, blonden Hilfsarbeiter und speichere den Moment als Vorgeschmack aufs Baumhausbauen mit meinen eigenen Töchtern ab.

Nach dem Abendbrot telefoniere ich, wie verabredet, mit Marie und äußere, wie vorgenommen, meine Beschwerde. Marie fasst dies anfangs zwar trotzdem als Vorwurf auf, aber nimmt meinen Wunsch, besser miteinander zu kommunizieren, letztendlich auf und sagt, sie denkt darüber nach. Dann erzähle ich in Ruhe, was seit der Absage bei Josef Mayer in mir

und um mich herum so passiert ist. Eine Dreiviertelstunde später legen wir auf, obwohl ich gern noch mehr erzählt hätte. Ich würde gern mit Marie so reden können, wie ich mit Henrike rede, wo der Ball von links nach rechts wandert. Mal schnell, mal langsam, aber immer ganz automatisch und ohne Anstrengung. Es ist schwierig, Muster zu durchbrechen, die sich seit Jahren etabliert haben. Ich werde es dennoch versuchen und hoffe, Marie ebenfalls.

Donnerstag 19.04.2018

Die frohe Botschaft an diesem Morgen heißt: Hacken und Jäten nicht nur um die neu gepflanzten Bäume, sondern auch alle weiteren, sprich: nochmal dreizehn Stück. Die ersten vier nehme ich mir nach dem Frühstück vor. Als mir der Schweiß die Beine herunterläuft, vertage ich weitere zwei Bäume auf den Nachmittag und die restlichen auf den morgigen Tag. Nach einem Liter Hollerbuschsirup mit eiskaltem Wasser geht es mir wieder besser und am Stelzenhaus weiter. Das liegt herrlich schattig und der Akkuschrauber liegt mir definitiv um einiges besser in der Hand als Hacke und Harke. Gegen sechzehn Uhr bin ich fertig. Aus den Resten baue ich noch eine kleine Sitzbank und verziere, mit Hilfe von Stichsäge und Schleifpapier, beide Seitenteile mit einem Herzchen. Später nimmt Emma, mit einem Eis in der Hand, darauf Platz und ich schieße ein perfektes Erinnerungsfoto von meinem Tageswerk.

Freitag 20.04.2018

Der Morgen startet wie vorgenommen mit Hacken und Jäten. Bis die Sonne richtig Fahrt aufnimmt, habe ich weitere vier Bäume geschafft und liege damit gut in der Zeit. Bis Donnerstag muss alles fertig sein, dann erfolgt die Kontrolle durch die Gemeinde. Berit und Basti erhalten, soweit ich erfahren habe, eine Förderung und haben daher einige Auflagen zu erfüllen.

Die Sonne bzw. die Temperatur hat gegen Mittag definitiv wieder Hochsommerniveau erreicht. Mir ist das Wetter mittlerweile aber ziemlich egal, so lange es nicht gerade in Strömen regnet. Daher nehme ich es nun mit dem Dschungel direkt gegenüber vom Haus auf. Der ehemals gut gepflegte Garten, ist aktuell nicht mehr als solcher zu erkennen. Mit der Kettensäge kämpfe ich mich den gesamten Nachmittag durch das Weidengewirr, bestehend aus zwei abgebrochenen, massigen Ästen, bis

mein Körper nach Abkühlung brüllt. Emma hat bereits vorgelegt und plantscht vergnügt in ihrem kleinen Gummi-Pool. Ich geselle mich dazu, lasse das Wasser über die Ränder schwappen und spiele mit ihr Wasserball, bis meine Körpertemperatur wieder Normalwert anzeigt. Herrlich!

Samstag 21.04.2018

Heute begleite ich den Chaos-Clan bei einer weiteren Wanderung der Schule. Diesmal habe ich meine eigene Kamera dabei. Das Fotografieren ist mittlerweile zu einer kleinen Sucht geworden, die mit jedem guten Bild weiter angeheizt wird und meine Augen zunehmend trainiert. Ich muss nur aufpassen, dass ich mich nicht zu sehr hinter der Kamera und damit wiedermal in meiner Welt verstecke.

Gegen neunzehn Uhr kehren wir mit müden Füßen heim und essen Abendbrot. Danach ziehe ich mich auf mein Zimmer zurück und sichte die Bilder. Das Auswählen, Zuschneiden und Bearbeiten liebe ich ebenso sehr wie das Fotografieren selbst und lasse mir entsprechend viel Zeit und Ruhe dafür. Als ich zufrieden das Licht ausschalte, ist es ein Uhr nachts.

Sonntag 22.04.2018

Heute Morgen mache ich mich auf den Weg nach Berlin. In den letzten sieben Wochen habe ich es nicht eine Sekunde vermisst. Doch für die Geburtstagsfeier von meinem guten Freund Kurt nehme ich es nicht nur mit der Autobahn, sondern auch mit meiner ausgeprägten Großstadtphobie auf. Ich schreibe Marie während der Fahrt, dass ich heute mit Henrike frühstücke, später ein paar Sachen vorbeibringe bzw. abhole und dann zum Geburtstag fahre. Nach ein paar Minuten füge ich noch hinzu: „Möchtest du etwas Zeit mit mir verbringen?" Dann telefonieren wir und drehen uns abermals eine Dreiviertelstunde im Kreis. Marie weint, ich bin ratlos-traurig-wütend, und wir beide sind keinen Schritt weiter. Meine Rückkehr nach Berlin spiegelt demnach mein Gefühl wider, an demselben Punkt zu stehen wie vor acht Monaten, als ich meinen Ehering absetzte.

Henrike empfängt mich herzlich und mit einem reichlich gedeckten Frühstückstisch, der meine bedrückte Laune dennoch kaum aufheitern kann. Es tut gut, mit Henrike zu reden. Auf mein Tagebuchupdate und meine Nachfrage nach ihrem Gemütszustand betreffs Micha, antwortete sie vor ein paar Tagen:

„Micha, hm, weiß nicht. Er lässt mich größtenteils in Ruhe, das ist vermutlich das Beste, was er machen kann, wenn er mich nicht verlieren möchte. Meine Gedanken schwenken von „es hat keinen Sinn" bis „so einen guten Mann bekomme ich nicht wieder". Mein Herz ist ausgeschaltet und der „Ein-Schalter" ist defekt. Aber Micha ist ja Handwerker, vielleicht weiß er, wie man sowas repariert."

Ich glaube, Marie geht es ähnlich. Dass ich, als handwerklich begabter Musik-Mensch, Herzen reparieren kann, bezweifle ich langsam immer mehr. Nach dem Frühstück macht sich Henrike an ihr Fernstudium und ich mich auf eine drei Stunden lange Riesenrunde mit Leja. Dabei erdolche ich mich wieder einmal selbst. Ich sitze am Lindensee, stecke die Füße ins kalte Wasser und auf der gegenüberliegenden Seeseite steht, früher unser, heute Maries Haus. Tolle Aussicht, im eigentlichen sowie übertragenen Sinn! Dann kehre ich dem See den Rücken und laufe mit Leja Richtung Wald. Marie würde ich manchmal auch gern den Rücken zukehren. Aber ebenso wie der Rückweg unweigerlich an den vertrauten Plätzen und Straßen entlangführt, so stolpere ich auf meinem „Jakobsweg" der letzten Wochen immer wieder über schmerzliche Erinnerungen und fliege ein ums andere Mal auf die Fresse.

Zurück bei Henrike animiert sie erst mich und dann das neue Mieterpärchen des Obergeschosses zu einer Runde Volleyball im Garten. Ich bin froh über die Ablenkung und sehe nach wochenlanger Friseurabstinenz gepaart mit Basecap und Sonnenbrille zumindest so aus wie ein Beachvolleyballer. Es ist später Nachmittag, als ich ins Auto steige und Henrike, die meine Gefühlslage scheinbar immer an der Nasenspitze ablesen kann, zum Abschied Oscar Wilde zitiert: „Am Ende wird alles gut! Und wenn es noch nicht gut ist, ist es noch nicht das Ende."

Ich fahre zu Maries Wohnung, lade noch schnell ein paar Sachen aus und hinterlasse wie gewünscht die sieben Ehegeheimnisse. Mir fiel einfach nichts ein, was ich Marie nicht schon etliche Male gesagt oder geschrieben hätte, und so hinterlasse ich ihr das Buch ohne jegliche Widmung. Mein Kopf findet gut, dass ich sie nicht antreffe, und mein Herz hoffte es dennoch.

Nach einer halben Stunde Autofahrt stehe ich vor dem Big Bowl in Lichtenberg, mitten in Berlin und noch dazu in einer der wohl unschönsten Ecken dieser Stadt. Wobei mir die Gegend, auch aufgrund dessen, dass ich hier meine Kindheit und Jugend verbracht habe, immer noch sehr viel lieber ist als das verhippte, vollgestopfte Prenzlauerberg oder Friedrichshain. Statt Bio-Café oder Szene-Burgerbude stehen hier übriggebliebene heruntergekommene DDR-Fabrik-Plattenbauten. In einem davon liegt die Bowlinghalle. Es hämmert Dance-Mucke aus den Lautsprechern, die armselige Lichtorgel versucht mitzuhalten und auf den ersten drei Bahnen feiern eine Handvoll Bowlinghonks jeden ihrer Würfe, als gäbe es nichts Krasseres, als mit einer Sieben-Kilo-Kugel Kegel umzunieten. Nachdem ich fünfzehn Minuten gewartet habe, halte ich es drinnen nicht länger aus und gehe vor die Tür. Aber dort ist es auch nicht besser. Alle paar Sekunden ertönt eine Sirene am Flüchtlingslager nebenan, wahrscheinlich vom Öffnen des Notausgangs, während deren Bewohner von links nach rechts pilgern. Mein Stadthass, speziell Berlinhass, kocht bereits nach wenigen Minuten über, so dass ich am liebsten ins Auto steigen und nach Lehnitz rasen möchte. Bens Satz klingt mir in den Ohren: „Komm bloß nicht nach Berlin!“ Doch ich überwinde meinen Fluchtreflex, weil ich weiß, dass mir der Abend guttun wird.

Als Kurt und Entourage ins Big Bowl einfallen, bin ich ebenso erleichtert, wie das Geburtstagskind überrascht ist, mich zu sehen. Eine geleerte Drei-Liter-Biersäule und ein paar verpasste Pins später ist nicht nur Berlin, sondern auch Marie erst einmal vergessen. Wir bowlen, entern den Basketballautomaten, leeren ein paar weitere Biersäulen, verlagern die Feierlichkeiten in Kurts Wohnung, schmeißen den Grill an, labern dummes Zeug, mixen und leeren Gin-Tonics, begleiten lallend Kurts Schwester per Fahrrad nach Hause, kehren zurück zur Balkonparty und lachen, bis uns die Wangenmuskeln weh tun, bevor wir schließlich um vier Uhr morgens ins Bett fallen. Das hat verdammt gutgetan!

Montag 23.04.2018

In wache mehrmals auf. Mal, weil mir zu warm ist, mal, weil es zu hell ist, mal, weil es zu laut ist (scheiß Stadt!), mal, weil ich tierischen Brand habe, und mal, weil ich pinkeln muss. Gegen 10:30 Uhr beschließe ich als erster aufzustehen und mich, aus Eimermangel, kalt zu duschen, statt zu überschütten. Als ich aus dem Bad komme, strauchelt die restliche Partybesetzung ebenfalls so langsam aus den Betten Richtung Kaffeemaschine. Anschließend gehen die Männer auf Brötchenjagd und Kurts Bullshit-Redefluss setzt wieder ein. Ununterbrochen und unangefochten reicht dieser von Blödeleien über dumme Sprüche bis hin zum Zitieren des Introtextes der 90er US-Serie „Renegade“. Als wir mit zwei großen Tüten frischer Backware und einer Bulette am Ohr zurückkehren, haben die Damen scheinbar jegliche vorhandenen Lebensmittel einladend appetitlich auf dem Frühstückstisch drapiert. Während ich wortlos ein Rührei-Brötchen nach dem anderen vertilge, genieße ich das Stimmenwirrwarr um mich herum und halte unbemerkt fünfzehn Minuten des Geschehens per Handyaufnahme für schlechte Zeiten fest.

Gestärkt, geduscht und sonnenbrillengetönt machen wir uns dann auf zu einer großen Spaziergehrunde. Ich bereue etwas, dass ich die Kamera nicht mitgenommen habe, und weiche daher aufs Handy aus. Für ein paar Schnappschüsse zur Erinnerung reicht es und zum dahinter Verstecken sowieso. Meine Klappe bleibt nämlich weiterhin zu. Warum, weiß ich selbst nicht so genau, wahrscheinlich ist es eine Mischung aus kreisenden Marie-Gedanken und Kurts Alleinunterhalter-Manier. Auf jeden Fall nervt es mich.

Geplättet von zu viel frischer Luft und Restalkohol brechen wir nach unserer Rückkehr gemeinschaftlich auf Couch und Sesseln zusammen und müssen dann auch schon wieder los zum nächsten Programmpunkt. In einem Restaurant wird nun zusammen mit der gesamten Familie des Geburtstagskinds angestoßen. Beim Essen komme ich mit Kurts Mutter ins Gespräch und erzähle von meiner Auszeit auf dem Bauernhof. „Und was hast du vorher gemacht?“, fragt sie mich, worauf ich ohne zu überlegen antworte: „Computertechniker.“ Kurt, der uns gegenübersitzt, interveniert sofort: „Nun staple mal nicht so tief! Du bist Komponist!“ Genau dafür liebe ich diesen Typen. Mit nur einem Satz rückt er Dinge gerade, stößt einen mit der Nasenspitze direkt hinein oder impft einem Mut und Selbstvertrauen ein. Ja, verdammt ... er hat Recht! Ich bin Komponist, Schriftsteller und seit neustem Fotograf, aber ganz bestimmt kein Computertechniker, obgleich ich damit zehn Jahre lang mein Geld verdient habe! Was ich tue, um meine Miete zu bezahlen, ist nicht das, was ich bin. Was ich bin, bestimme ganz allein ich! Dennoch fände ich es nicht schlecht, beides zu vereinen.

Nachdem ich mich aus der Runde verabschiedet habe, lasse ich mich auf der Autobahn im Windschatten der LKWs zurück nach Lehnitz ziehen und komme, entspannt sowie erschossen, nach knapp drei Stunden Fahrt an. Trotzdem aktiviere ich nochmal meine Kreativität und schreibe die traditionelle Geburtstagsrap-SMS für Kurt, bevor ich pennen gehe.

Ich brech' Rekorde,
aber keine Tradition.
Vielleicht wusstest du's schon?!?
Big Bowl, Big Suprise,
Big Bier, Bball Scheiß,
Big BBQ, Big Gin Verschleiß,
Big Talk, Big Brett, Big Bike,
Quietsch ... KT entgleist!
Back home,
back to gin and juice before I'm gone.
Big Sleep, short night,
Big Frühstückszeit,
Big Walk, less Talk,
aber trotzdem jede Sekunde genießen,

mit einem Pils den Tag begießen
und zum Abschied dich in meine Arme schließen.
Big Day, Big Night ... KT thirty 8!

Donnerstag 26.04.2018

Seit meiner Rückkehr nach Lehnitz lässt mich Marie wiedermal nicht los. Das heutige Aprilwetter passt daher perfekt zu meiner Gefühlslage, die im Minutentakt zwischen Regen, Sonne, Wind und Wolken, im übertragenen Sinn, hin und her schwankt. Ich stopfe unzählige Paletten Obstkisten mit Ästen und Zweigen voll und fahre etliche Male mit dem Traktor zwischen Streuobstwiese und Feuerplatz hin und her. Die körperliche, stupide Arbeit tut mir gut, auch wenn sie einen Großteil meiner Gehirnkapazität zum Zergrübeln übriglässt.

Nach der letzten Fuhre übe ich, wie schon in den letzten Tagen, Fahrradfahren mit Emma. Ich bin beeindruckt, wie hartnäckig sie am Ball bleibt. Nach jedem missglückten Versuch spricht sie sich selbst Mut zu und steigt erneut auf. Mein Eindruck, dass sie die Stützräder sehr viel mehr stören, als dass sie ihr helfen, bewahrheitet sich wenige Augenblicke später.

Kaum dass die Dinger ab sind, fährt, lenkt und bremst Emma wunderbar Fahrrad. Die Donald-Duck-Klingel, die ich neulich beim Aufräumen gefunden habe, passt perfekt an ihren Lenker und macht die Sache komplett. Während Emma noch ein paar Übungsrunden dreht, gehe ich duschen und geselle mich danach zum allgemeinen Burger-Essen rings um den Herd. Basti brutzelt und tanzt gleichzeitig. Die Mädels quassehn und essen (sowieso immer) gleichzeitig. Ich genieße Burger und Gewusel gleichzeitig. So langsam komme ich innerlich wieder zur Ruhe.

Samstag 28.04.2018

Die Chaos-Clique ist seit gestern Abend zum Hundeerziehungsseminar ausgeflogen. Hundedame Mira lassen sie jedoch bei mir. Ich stehe gegen 8:30 Uhr auf und versorge, wie aufgetragen, die Pferde mit einem halben Ballen Heu und ausreichend Wasser. Danach versorge ich mich selbst mit ausreichend Milchkaffee und jeder Menge Ruhe sowie Zeit. Im Anschluss noch ein kleines Verdauungsnickerchen und dann geht es los.

Mira und ich brechen auf zu einer Runde rings um Lehnitz, ganz ohne vorgefertigte Wanderroute aus dem Internet, dafür aber bewaffnet mit Radler und Kamera. Dreieinhalb Stunden sind wir unterwegs und hangeln uns über einsame Feldwege und kleine Landstraßen von Dorf zu Dorf. Auf der Hälfte der Tour machen wir einen Erfrischungs- plus Streichelstopp und ansonsten immer mal wieder eine Fotopause, die Mira mal mehr, mal weniger geduldig über sich ergehen lässt.

Zurück auf dem Hof schaue ich mir die Fotoausbeute der Wanderung an und schreibe Tagebuch. Neben guten Fotos beschließe ich, ab heute zusätzlich schöne Tage zu sammeln. Der heutige ist der erste in meinem Album!

Sonntag 29.04.2018

Ich wache heute morgen von den gewohnten Geräuschen im Haus auf und bleibe noch etwas liegen, bevor ich langsam aufstehe und mich zum Frühstück begebe. Die Antwort auf meine Nachfrage, wie es bei der Hundetrainerin war, fällt ehr kurz aus. Irgendwie werden Berit, Basti und ich noch immer nicht richtig warm miteinander. Ich versuche es tapfer weiter, auch wenn es mir jedes Mal schwerfällt. Die Interaktion mit den Mädels, abgesehen von Emma und mitunter Marlen, ist mittlerweile leider ebenfalls ziemlich holprig. Mit Berit und Basti wäre es gut, mal richtig einen zu bechern. Naja, ich habe ja noch den Rumtopf von Henrike, vielleicht kann der das Kommunikationseis brechen. Bei den Mädels muss ich mir wohl was anderes einfallen lassen.

Gegen Mittag bricht die Chaos-Gang auf zu den Schwiegereltern und ich fühle mich alleingelassen und einsam. Hmm, sie hätten ja mal fragen können, ob ich mitkommen will. Hmm, ich hätte ja mal mein Maul aufmachen und fragen können, ob ich mitkommen darf. Die Wahrheit liegt wie immer in der Mitte. Kurz nachdem ihr Auto den Hof verlässt, packe auch ich meinen Rucksack und mache mich auf den Weg nach Radebeul. Das war das Erste, was mir einfiel. Eine halbe Stunde später laufe ich planlos durch den Ort und kehre danach auf Kaffee und Kuchen ein. Die Wanderung gestern mit Mira war wirklich cool. Aber so macht das einfach keinen Spaß und erinnert mich eher an mein Rumrentnern in Berlin.

Die Sonne brennt wiedermal, als wäre schon Hochsommer, und so mache ich auf dem Rückweg einen Stopp zum Anbaden. Das Freibad ist kurz vor Feierabend leergefegt. Ich tauche ins klare, kalte Wasser ein und überlege dabei, ob ich jemals schon im April anbaden war. Ich glaube nicht. Mangels Handtuch streife ich das Wasser nur ab und ziehe meine Klamotten wieder an. Bei den Temperaturen geht das auch. Ich sitze in der Sonne zum Trocknen und schreibe Tagebuch. Im Anschluss mache ich mich auf den Heimweg und wähle eine Route über die Dörfer statt der Autobahn. Die untergehende Sonne malt nach jeder Kurve und in jedem Örtchen neue beeindruckende Bilder und taucht die vielen kleinen Fachwerkhäuschen, ob heruntergekommen oder neu aufgebaut, in herrliches Licht. Gerade als ich in Lehnitz ankomme, gibt es Abendbrot. Perfektes Timing!

Montag 30.04.2018

Nach zwei Tagen Faulenzen brauche ich heute wieder etwas zu tun. Zum Glück gibt es auf dem Hof eine niemals endende Aufgabenliste. Als erstes hole ich die Asche- und Holzreste aus der Feuerstelle, damit wir das Lagerfeuer heute Abend nicht nur zum geselligen Drumherum-Sitzen nutzen können, sondern gleichzeitig, um Holzkohle herzustellen. Basti erzählte mir vor ein paar Tagen davon, seither bin ich ziemlich gespannt darauf. Nachdem ich fertig bin, mache ich mich mit dem Rasenmäher bekannt. Emma möchte mitmachen, also suchen wir ihr ein paar Ohrenschützer und kürzen zusammen das Gras des Volleyballfelds auf Golfplatzniveau. Die Flächen rings um die Feuerstelle und den Reitplatz nehme ich mir allein vor. Nach einiger Zeit versinke ich gänzlich im Rasenmäher-Jum. Herrlich!

Gegen dreizehn Uhr gibt es Dürüm zum Mittag. Ausgehungert verdrücke ich erst meinen und anschließend noch Emmas übriggebliebene Hälfte. Bei vier Mädels fällt eben immer noch etwas ab. Ziemlich überfressen mache ich mich an mein nächstes Projekt. Die kleine „Tribüne" am Reitplatz soll überdacht werden. Doch nach meinem Rasenmähermarathon und dem einsetzenden Fresskoma bin ich ziemlich geschafft. Ich gehe es daher langsam an. Messe, rechne, schraube ein paar Hilfsleisten an und mache schließlich Feierabend.

Ich gehe duschen, lege mich etwas aufs Ohr, setze mich danach ans Klavier, klimpere vor mich hin und schalte schließlich den Laptop zum Musikmachen ein. Dabei kommt prak-

tisch nichts zustande, also gebe ich es nach einer Stunde auf und schaue mal, wie es ums Feuer und die Abendbrotvorbereitungen steht. Klaudia und ihr Mann Ronny sowie zwei ihrer vier Kinder sind heute Abend zu Gast. Die Männer verbrennen bereits die ersten Äste und heizen das Feuer an. Die Frauen belegen die Küche, machen Salat, backen Fladenbrot und bereiten fleißig alles Weitere fürs Grillen vor. Ich setze mich also gemütlich ans Feuer, nehme mir ein Bier und lege die Füße hoch.

Ronny ist Automechaniker und hat eine Werkstatt in Dresden. Sehr praktisch! Meine Karre muss nämlich im Juli zum TÜV. Somit nutze ich die Gelegenheit und warne ihn gleich mal vor. Den restlichen Abend bleibt meine Klappe jedoch zu. Vielleicht deshalb, weil meine Gedanken seit meiner Rückkehr aus Berlin immer wieder bei Marie festkleben. Erst in den letzten Tagen wurde mir bewusst, wie sehr ich von meiner Frau, der Frau, die ich so sehr liebe, enttäuscht wurde und noch immer werde. Ich kann verstehen, dass sie, aus welchen Gründen auch immer, alles in Frage stellt. Aber ich kann nicht verstehen, dass sie alles wegwirft, was wir uns über fünfzehn Jahre zusammen aufgebaut haben, ohne zu versuchen, unsere Ehe zu retten. Ich sage nicht, dass wir es schaffen. Aber ich sage, dass es unsere Liebe verdient hat, es zu versuchen.

Als ich vor ein paar Tagen auf der Streuobstwiese vor einem der riesigen Ästehaufen stehe, den ich selbst dort aufgetürmt hatte, bin ich von der Aufgabe, diesen zur Feuerstelle zu schaffen, wie gelähmt. Ich sitze davor, starre minutenlang auf den meterhohen Berg und fühle mich völlig kraftlos. Die Aufgabe erscheint mir unmöglich. Irgendwann beginne ich, Ast für Ast herauszuziehen und auf den Traktor zu laden. Fuhre um Fuhre schaffe ich weg, bis der Haufen drei Stunden später schließlich verschwunden ist. Was mich lähmte, war weder die Größe der Aufgabe noch die vermeintlich fehlende Kraft. Es war einzig und allein mein Wille.

Marie und ich stehen vor einer ebenso unüberwindbar erscheinenden Aufgabe. Marie sagt, sie kann nicht. Doch was sie eigentlich sagt, ist, sie will nicht. Das ist es, was mich so sehr enttäuscht. Ich werde versuchen, diese Tür nun zu schließen, um irgendwann eine neue öffnen zu können.

Als es Mitternacht schlägt, sind die Mädels im Bett und die Gäste auf dem Heimweg. Nur Basti und ich starren noch eine weitere Viertelstunde wortlos in die schwelende Glut und beobachten anschließend, wie das Wasser, ohne Zischen und Dampfen, das Rot langsam in tiefschwarzen Lavabrei verwandelt. Wenn die Sonne aufgeht, ist es Holzkohle.

Dienstag 01.05.2018

Das Grundstück und die Gebäude des alten Vierseitenhofs teilt sich Familie Chaos mit Simon und Marianne Heinrich sowie ihren Kindern Alex, Diana und Jakob. Die uns am heutigen Tag der Arbeit zum Faulenzen und Asado-Essen eingeladen haben. Die Fleisch-Odyssee geht also fröhlich in die nächste Runde.

Familienoberhaupt Simon ist Mechaniker, Landwirt und Imker. Er stammt aus Argentinien, arbeitet auf einem Bio-Hof ein paar Dörfer weiter und bestellt ein kleines Feld oberhalb des Hofs. Seit ein paar Wochen sind seine Eltern zu Besuch, die ebenso Bauern sind.

Ich geselle mich zur Runde am Feuer und stimme ein in das gebannte Beobachten des Fleischbrutzelns. Das große Stück Schwein steckt auf einem langen Spieß, der etwas abseits vom Feuer schräg im Boden steckt. Bereits seit Stunden wendet Simons Vater Gunther bedächtigen das Fleisch und legt mit ruhiger Hand Holz nach. Ab und an füttert er die speicheltriefende Meute mit verlockenden goldbraunen Appetithäppchen.

Ebenfalls eingeladen sind Simons Kollege Luc und seine Familie. Als er neugierig einen Rundgang über Simons Feld einfordert, geselle ich mich zu den Beiden und lausche ihrer angeregten Fachsimpelei. Sie bewundern die gleichmäßig gutgefüllten Roggenreihen, zerbröseln Erdklumpen in ihren Händen und stecken ihre Nasen mit funkelnden Augen mitten hinein. Es ist schön, die zwei in ihrem Element zu beobachten und ihrer Begeisterung zu lauschen. Nach einer guten Stunde kehren wir zurück ans Feuer.

Dann ist es soweit. Gunther zieht den schweren Spieß aus dem Boden, löst die Drähte und trägt den Braten ins Haus. In gezwängter, gemütlicher, großer Runde sitzen wir am Tisch, trinken Rotwein und genießen das saftig zarte Fleisch, das Gunther gefragt oder ungefragt nachlegt, bis man sich deutlich dagegen wehrt. Wenn er nebenbei von seiner Arbeit und seinem Sohn spricht, sprudelt Stolz aus seinem Mund und seinen Augen. Nach dreimaligem Nachschlag liege ich selig, leicht angeballert vom Wein, im Fleischkoma, fotografiere innerlich den Moment und lasse mich anschließend noch zu einem Stück von Mariannes Apfelkuchen mit Sahne überreden. Es lebe die Arbeit!

Amils Frau ist interessiert an Simons Bienen und gibt damit den überfälligen Impuls zum Aufstehen. Zu dritt bestaunen wir durchs Glas das emsige Treiben der Bienen. Während Simon Interessantes zum Wabenbau, dem Verhalten der Bienen und dem Imkern an sich erzählt. Ich behalte leider nur wenig von den beeindruckenden Fakten, aber genieße auch diesen Moment in jeder Sekunde.

Am Abend in der Küche herrscht eine angenehm gelöste Stimmung, bei der ich mit Berit und Basti etwas ins Quatschen und Witzeln komme. Mit knapp vier Wochen in Lehnitz liege ich somit ziemlich gut in der Auftauzeit. Gutgelaunt gehe ich schlafen und stecke auch diesen Tag in mein Sammelalbum.

Mittwoch 02.05.2018

Das viele Rumgefaulenze der letzten Tage hat anscheinend gar nicht gutgetan. Jedenfalls hat es ewig gedauert, bis ich endlich einschlafen konnte. Somit ist es kein Wunder, dass ich ziemlich erschossen bin, als der Wecker klingelt. Die Schlummertaste ist heute Morgen sehr gefragt und verlängert die Nacht scheibchenweise um eine Stunde. Um acht Uhr krieche ich schließlich aus dem Bett. Als ich in die Küche schlürfe, ist Berit gerade dabei, mir einen Zettel zu schreiben. Wir besprechen kurz, was heute zu tun ist, und dann verabschiedet sie sich zum Nähkurs. Basti ist in der Druckerei. Somit habe ich den Hof ganz für mich.

Nach dem Frühstück nehme ich mir die Scheune vor. Das restliche alte Heu soll raus. Die Sache ist mit Harke, Mistgabel und zwei Traktorladungen schnell erledigt. Weiter geht's mit dem Tribünendach. Ich befestige weitere Hilfsleisten, richte daran die vier Bohlen aus, die das Dach tragen werden, und kürze mit der Kettensäge zwei der insgesamt sechs dicken Telefonmasten bündig, bis mich der Hunger in die Küche treibt.

Gestärkt mache ich mich wieder an die Arbeit. Das Einkürzen der restlichen Masten, und somit jegliches Weiterkommen, wird jedoch durch Kettensägenstreiks behindert. Weder mein Rumgereiße an der Zündleine noch mein ansteigendes Aggressionsbarometer, begleitet von Tiraden an Kraftausdrücken, imponiert dem Scheißteil, so dass ich schließlich aufgebe und meine Wut beim Rasenmähen rauslasse.

Nachdem ich den halben Hof plattgemacht habe, bin ich wieder im Einklang mit der Welt und mein Motorsägenhass ist verflogen. Ich nehme den Kampf mit der Reißleine erneut auf und werde nach etlichen kräfteraubenden Zündungsversuchen mit einem aufheulenden Wruuummm belohnt. F*** d***, du Scheißteil! Endlich geht es weiter. Masten ab, vorne die Blende kürzen und dann noch die Stufe am Eingang bauen. Völlig erledigt sammle ich die Holzreste ein, räume das Werkzeug weg und gehe duschen. Danach falle ich auf meine Matratze, doch werde ein paar Minuten später schon wieder von Emma zum Abendbrot geweckt. Ich schleppe mich zum Esstisch, an dem heute viel Mädels sitzen, die dermaßen am Rad drehen, dass man kaum zum Essen kommt. Eindeutig zu viel nach so einem Tag.

Donnerstag 03.05.2018

Das Motto heute lautet: piano. Und damit ist leider nicht das Klavier in der Stube gemeint. Angeschlagen vom gestrigen Tag begleite ich Berit nach dem Frühstück zum nahegelegenen Sägewerk, wo wir das fehlende Holz fürs Tribünendach einsacken. Anschließend entlade ich den Anhänger und sammle vom Baumbeschnitt vor ein paar Tagen noch ein paar Äste ein, bevor mich Emma zum Mittagessen ruft. Vom Esstisch der Terrasse begebe ich mich direkt ins Bett und werde nach einer Dreiviertelstunde vom Telefonklingeln geweckt. Ben meldet sich bereit zur Abholung im Nachbarort. Es ist mein erster Besuch in Lehnitz.

Vollbepackt mit Erdbeeren, Kuchen und Blumen kehren wir zurück zum Hof. Beim Kaffee lernen Berit und Basti nun meine Atze kennen, der verstört vom lehnitzschen Chaos ziemlich sprachlos erscheint. Hinterher spazieren wir zu zweit eine große Runde rings ums Dorf. Mira schleicht uns neugierig hinterher, ignoriert meine Ab-nach-Hause-Befehle und begleitet uns somit den halben Weg, bis sie hartnäckig, aber vergebens, einen Hasen übers Feld jagt und am Horizont verschwindet.

Es tut gut, Ben bei mir zu haben und mit ihm zu reden. Die Themen sind dabei oft dieselben und eines davon ist Mutti. Genauer gesagt, unsere gemeinsame Vergangenheit, die uns alle drei regelmäßig einholt und sich je nach Situation oder Gemütszustand als Frust, Wut, Enttäuschung, Trauer oder gegenseitiges Unverständnis äußert. Niemand kann die Zeit zurückdrehen. Was geschehen ist, ist geschehen, und somit bleibt nur die Möglichkeit, zu akzeptieren und Frieden zu schließen. Jeder für sich, jeder auf seine Weise. Aber das ist einfacher gesagt als getan. Bens kleines Büchlein liefert passend dazu eine Geschichte von einer Henne, die Enteneier ausbrühtet. Als die Entlein das erste Mal begeistert ins Wasser springen, gackert die Henne voller Sorge und Angst aufgeregt am Ufer. Während die Küken weder die Aufregung noch ihr Unvermögen, zu schwimmen, verstehen. Was ist also wahr und was ist falsch? Alles und nichts! Bis auf die Annahme, der eigene Blickwinkel sei der einzig existierende. Das ist ohne Zweifel immer falsch!

Zurück auf dem Hof albern wir mit Emma herum, malen zusammen Fußbilder und kümmern uns danach ums Abendbrot. Hinterher sitzen wir wieder zu zweit im Dunkeln vor dem Haus und wechseln zum nächsten Dauerthema: Marie. „Du kannst dich nicht auf sie verlassen", sagt Ben. Der Satz hallt noch tagelang nach. Vielleicht gibt es einen Blickwinkel, aus dem das nicht wahr ist. Doch aus meinem jetzigen muss ich leider zustimmen. Als wir um 23 Uhr schlafen gehen, hat sich mein Angeschlagensein langsam, aber sicher zur Sinusitis entwickelt. Hello again ...

Freitag 04.05.2018

Die scheiß Sinusitis kommt weiter in Fahrt und so bin ich, noch bevor der Wecker klingelt, kurz vor sieben Uhr wach. Vielleicht auch weil mich der ein oder andere Marie-Gedanke beschäftigt. Nach einem kurzen Frühstück machen Ben und ich uns auf den Weg nach Dresden und umfahren dank Berits Schleichwegtipps den kilometerlangen Stau auf der Autobahn. Auf der Fahrt über die Dörfer reden wir nicht viel und starren abwechselnd auf das Navi und die Uhrzeit. Doch wir kommen rechtzeitig am Hauptbahnhof an. Ich nehme Ben nochmal in den Arm und sitze nur wenige Sekunden später wieder im Auto, weil mich das Stadtgewusel unruhig macht.

Das Internet verrät mir die Dresdner Adresse von Ronnys Werkstatt, wo ich meine Karre mit dem längst überfälligen Ölwechsel verwöhnen möchte, so schlage ich mit der Fahrt in die Stadt zwei Fliegen mit einer Klappe. Als ich ankomme, ist noch etwas Zeit, die ich mit dem Bearbeiten der Fotos, die ich gestern von Ben und Emma gemacht habe, überbrücke. Das Foto-Finetuning macht selbst auf dem Handy immer wieder Spaß. Ein paar Minuten später empfängt mich Ronny so herzlich, wie er sich fürsorglich um meinen geliebten Almera kümmert. Nach einem kurzen Check ist klar, dass er den TÜV überleben und somit auch noch seinen 22ten Geburtstag feiern wird. Ich liebe diese Karre, obwohl sie, oder vielleicht genau weil sie, außer elektrischer Fensterheber und Zentralverriegelung keinen weiteren Luxus bietet. Sie springt bei minus zwanzig Grad genauso wie bei plus vierzig Grad sofort an und bringt mich seit dem Kauf zuverlässig an jedes Ziel. Die Essenz auf vier Rädern!

Während das Öl aus dem warmen Motor läuft und wir die Lieferung des neuen Filters abwarten, drehe ich eine Runde zum Bäcker für ein zweites Frühstück und anschließend noch eine Runde durch die Dresdner Heide für die Verdauung. Dann reicht mir Ronny mit seinen kräftigen, ölverschmierten Händen meinen Autoschlüssel und wir vereinbaren einen Termin für alle weiteren Reparaturen.

Gegen Mittag bin ich zurück in Lehnitz und mache es mir zur Sinusitis-Erholung im Bett gemütlich. Erst als die Sonne langsam untergeht und einen weiteren Hochsommertag im Mai ausklingen lässt, stehe ich auf und treffe, gerade als ich die Treppe herunterkomme, auf Oma und Opa Uhlig, die sich zum Grillabend bereitmelden.

Ich mag Berits Mutter, die, kaum angekommen, schon am Kochen, Quasseln, Wuseln und Waschen ist. Gleichzeitig natürlich. Dann jongliere ich das Tablett zur Feuerstelle und Emma begleitet mich mit zwei großen Flaschen Limonade. Theresa, Ilse, Marlen und Jakob spielen Volleyball. Ich geselle mich dazu, mime den Schiri und halte damit einen gesunden Sinusitis-Abstand zum Feuer (nur schwimmen gehen wäre im Moment noch tödlicher für mich).

So unterschiedlich die vier Mädels aussehen, so verschieden ist auch ihr Charakter. Theresa ist lebendig-laut, Marlen ist flippig-bunt, Emma ist ewig-gackernd-fröhlich und Ilse ist schnell-am-Rande-der-Verzweiflung-zusammenbrechend-motzend. Und so sitzt Ilse nach jeder missglückten Angabe oder

Annahme die Volleyballwelt verfluchend oder heulend am Boden. Ich versuche daher, ihre Ausbrüche nicht Überhand nehmen zu lassen, indem ich sie ehrlich lobe und motiviere. Die Sache funktioniert einigermaßen gut, bis sie nach einer halben Stunde dennoch aufgibt, Theresa alleinlässt und das Match gleichgültig verloren gibt. Ich stärke mich am Grillbuffet und verabschiede mich um 21 Uhr aus der Runde, was Emma mit einem fragenden „Jetzt schon?“ beantwortet. Die Sinusitis ist weiterhin kräftig im Anmarsch.

Samstag 05.05.2018

Die Nacht war, wie erwartet, eine Qual. Das heftige Sinusitisbrennen hat nun definitiv den Höhepunkt erreicht und raubt mir wiedermal Schlaf und Nerven. Ich hasse es! Um fünf Uhr früh durchsuche ich ohne Erfolg das Haus nach Schmerztabletten. Zum Glück entdecke ich eine Aspirin in meinem Rucksack und kann nochmal einschlafen. Als ich das nächste Mal aufwache, ist es zehn Uhr. Von Sebastian bekomme ich nun Tablettennachschub, penne nochmal eine Stunde und gehe schließlich runter in die Küche zum Frühstücken. Vier Brötchen später geht es mir zwar noch immer nicht besser, aber mein Hunger ist zumindest gestillt. Danach fülle ich meine Thermoskanne mit heißem Tee und lege mich wieder hin. Auch den restlichen Tag verbringe ich damit, zwischen Bett und Mahlzeiten hin und her zu taumeln. Sehr viel mehr passiert heute nicht. Abgesehen davon, dass Marie mir schreibt und fragt, ob wir telefonieren wollen. Ich antworte, dass ich im Moment nicht mit ihr reden möchte, da ich über eine Woche gebraucht habe, um nach unserem letzten Telefonat wieder zur Ruhe zu kommen, und dass ich nun etwas Abstand brauche. Es fällt mir nicht leicht, ihr das zu schreiben, doch so langsam komme ich an einen Punkt, wo auch ich nicht mehr will.

Ansonsten nimmt unser Stammtisch-Chat so langsam Fahrt in Richtung Männertag auf, an dem wir Allan auf seiner Europareise in Tschechien besuchen werden. Ich freue mich wirklich sehr darauf, die Jungs wiederzusehen, auch wenn ich, wie immer, keinen Bock habe auf ihr Besaufen. Zum Glück hat sich der Alkoholexzess über die Jahre etwas gemäßigt. Allan hatte mir angeboten, vorweg einen Wo-soll-es-hingehen-Workshop zu machen, meine ganz persönliche „Smitty-Strategie". Somit mache ich mich bereits am Dienstagnachmittag auf den Weg, damit wir den kompletten Mittwoch dafür nutzen können. Erst die Arbeit, dann das Vergnügen. Ich bin gespannt. Schaden kann es nicht.

Sonntag 05.05.2018

Am heutigen Tag lümmle ich zufrieden im Bett, in der Küche oder auf dem Hof herum und beschließe, aus dem Club der Neunundneunzig auszutreten. Inspiriert hat mich dazu Bens Buch bzw. eine Geschichte, die ich darin vor Kurzem las.

Es geht mir trotz Rotz verdammt gut. Ich fühle mich innerlich wie äußerlich wohl und ich bin zufrieden. Ja, selbst die Tatsache, dass ich noch nicht so recht weiß, wie es nach meiner Zeit in Lehnitz weitergehen wird, hindert mich nicht am Austritt. Darum geht's ja schließlich im Club der Neunundneunzig. Es fehlt immer irgendwas zum Glücklichsein, was man nicht braucht. Ein besserer Job, weniger Stress, mehr Geld, mehr Freiheit, mehr dies, mehr das. Mehr, mehr, mehr! Nee, nee, nee ... nicht mehr mit mir! Mir reicht's, und zwar im doppelten Sinn. Ich erkläre hiermit also offiziell die Neunundneunzig, die ich habe, zu einhundert Prozent, die ich brauche. Fertig! Das Leben kann so einfach sein.

Dienstag 07.05.2018

So richtig weichen will die doofe Sinusitis trotz Schonprogramm nicht. Doch mir ist's gleich. Die Sonne scheint, am Nachmittag geht es auf zu Allan, und die Neunundneunziger Clubmitgliedschaft ist, wie gesagt, gekündigt. Zum Mittag kümmere ich mich um Kartoffeln mit Quark, während Berit draußen fleißig werkelt. Rollentausch! Dann packe ich mein Zeug ins Auto, verabschiede mich und bin weg.

Die dreieinhalbstündige Autobahnfahrt geht über Dresden, vorbei an Prag und schließlich auf leeren tschechischen Landstraßen bis in die Hügellandschaft des Böhmerwald-Vorlandes, wie mir Wikipedia verrät. Um 19:30 Uhr komme ich an und begrüße Allan, Lena, Nelli und Filou bereits das zweite Mal auf ihrer Europareise. Nach dem Abendbrot und ein paar wenigen Worten geht es ab ins Bett. Ich bin ziemlich erledigt. Doch bevor ich das Licht lösche, nehme ich mir die Zeit, meine seit Wochen brodelnden Gedanken als Antwort auf Muttis Mail von vor ein paar Tagen von der Seele zu schreiben.

Hi Du,

Gestern ist mir ein Erlebnis mit uns beiden eingefallen. Wahrscheinlich, weil du gesagt hast, dass du irgendwann im Juli wiederkommst.

Mir fiel ein, wie es damals war, als du aus Österreich zurückkamst. Wir haben uns bei mir getroffen und uns so herzlich umarmt. Ich hatte Tränen in den Augen. Wir sind umarmt zum Platon gelaufen und waren beide froh, uns wiederzuhaben.

Im Platon saßen wir lange zusammen und haben erzählt. Das war ein schöner Abend. Damals war unsere Welt noch in Ordnung. Bis sie Stück für Stück aus den Fugen geraten ist. Aber ein Trost bleibt - es war nicht immer alles schlecht, wir hatten auch harmonische Zeiten.

Kuss Mama

\- - -

Hallo Mutti,

ich kann mich daran nicht mehr genau erinnern, muss ich ehrlich sagen. Aber ich weiß, dass ich damals mit einer besonderen Energie und Offenheit aus Österreich zurückkam. Das hat sich sicherlich auch auf diesen Abend übertragen.

Ich wusste allerdings nicht, was damals anders war als heute, mit Ausnahme von einer Sache, nämlich unserem Bewusstsein über das Vergangene. Wie wir als Familie gelebt haben, wie wir miteinander geredet bzw. nicht geredet haben, was für Probleme daraus entstanden sind usw. All diese Dinge waren damals genauso vorhanden wie heute. Dass die Welt damals noch in Ordnung war, würde ich demnach nicht sagen und ich glaube, Ben auch nicht. Ganz im Gegenteil.

Aber du hast Recht, es gab, und es gibt auch immer noch, Schönes in unserer Familie. Und das wird es auch weiterhin geben. Doch was geschehen ist, ist geschehen. Niemand kann das ändern.

Bei der Paartherapie ging es in einer Sitzung auch um Eltern allgemein (sprich: ihre Rolle, ihre Aufgabe, etc. pp.). Ich weiß nicht mehr genau, was die Dame sagte, aber es ging ungefähr so: Ihre Mutter und ihr Vater haben nach bestem Wissen und Gewissen gehandelt. Sie haben ihnen alles gegeben, was sie geben konnten. Mag es auch weniger (oder mehr) gewesen sein, als andere Kinder von ihren Eltern bekommen haben.

Ich glaube, gerade Ben fällt es sehr schwer, zu akzeptieren, dass er bestimmte „Sachen" nicht bekommen hat. Er lässt dich dies spüren, durch seine Reaktionen auf etwas, das du tust, sagst oder nicht sagst. Er tut dies, weil es ihn an die fehlenden Dinge erinnert und weil es ihn in diesem Moment erneut verletzt. Doch nur er allein kann und muss einen Weg finden, damit umzugehen. Du kannst dabei nichts tun.

Bei mir äußert es sich aktuell vielleicht mehr durch meine Suche nach mir selbst und meinem „Beruf". Dabei kannst du mir ebenso wenig helfen. Ich muss es allein schaffen.

Ich finde gut, dass du dich mit der Vergangenheit bzw. mit den „Fehlern" auseinandersetzt. Ich (und auch Ben) weiß, dass du

Vieles bereust und heute Manches anders machen würdest. Aber auch du kannst die Dinge nicht mehr ändern. Finde einen Weg, Vergangenes zu akzeptieren und uns als Erwachsene zu respektieren und zu behandeln. Du wirst immer an unserer Seite sein, uns helfen, etwas raten oder eben einfach nur zuhören. So wie es dir möglich ist. Du bist und bleibst unsere Mutter, doch wir sind nicht mehr deine Kinder. Auch wenn wir zu dir als Kinder kamen, so sind wir nun erwachsen.

Die Vergangenheit muss irgendwann ruhen. Damit jeder für sich, wir zusammen Ruhe finden und wir einen neuen, gemeinsamen Weg gehen können, frei von Enttäuschung, Trauer, Wut und Vorwürfen.

Ich drücke Dich!
Kuss Chrissi

Mittwoch 09.05.2018

Um 8:30 Uhr stehe ich auf und begleite Allan, Nelli und Filou auf ihrer traditionellen Morgenrunde, während Lena die Baby-Ablösung zum Duschen nutzt. Wir laufen eine gute halbe Stunde bei herrlichem Sonnenschein durch den Wald, der wenige Meter hinter dem Haus beginnt, und quatschen entspannt über dies und das. Nelli schläft auf der Hälfte des Weges genüsslich durchgeschaukelt ein und wird erst wieder wach, als Filou mit großmäuligem Bellen und Knurren eine schlafende Dorfkatze angeht. Die Parallelen zwischen den Beiden sind unverkennbar und einfach immer wieder amüsant. Die Züchterin sagte damals beim Kauf: „Jeder bekommt den Hund, den er verdient."

Am Frühstückstisch öffne ich die neue Himbeermarmelade und würfle damit Allans Marmeladensystem kräftig durcheinander (erst eine aufbrauchen und dann eine neue öffnen!!!). Lena schien ziemlich froh darüber zu sein, jedenfalls stimmte sie direkt mit ein in meine Himbeermarmeladegelüste. Als wir zusammen abräumen und ich meine Tasse vorne im Geschirrspüler parke, wird dies umgehend von Allan gerügt und korrigiert. Den Typen mit all diesen Kleinigkeiten etwas zu ärgern, ist halb unbedacht, halb Absicht, aber immer voll lustig.

Gestärkt und geordnet machen wir uns dann auf den Weg zum Workshop-Spot, einer kleinen, offenen Holzhütte mit herrlichem Ausblick auf Berge, Wälder, Felder und Atommeiler. Allans zwanzig Fragen, angefangen von „Was macht dir Spaß?" bis hin zu „Welches Tier wärst du?", versuche ich ohne viel Grübeln aus dem Bauch heraus zu beantworten. Anschließend genießen wir noch ein paar Minuten den Ausblick und wechseln für den zweiten Teil in den Garten am Haus. Während Allan meine Antworten in einer Übersicht zusammenfasst, frage ich mich, wie sich wohl mein tierisches Ebenbild „Katze" auf zukünftige Karrierewege auswirken wird. Dann durchstöbern wir gemeinsam unsere Gehirnwindungen nach passenden Jobs zu meinem Profil, und schon nach wenigen Minuten umfasst unsere Liste u.a. Musikproduzent, Tontechniker, Schriftsteller, Dozent und Audio-Journalist, welchen ich begeistert an erste Stelle platziere. Denn aus Wortfetzen, Geräuschen und Musik mit Kreativität und einem gewissen Maß an Eigenregie ein großes Ganzes zu formen, macht mir nicht nur Spaß, sondern, noch viel wichtiger, bedarf keinerlei Anstrengung und ist somit meine Stärke. Die Idee ist nicht brandneu. Schon während der gemeinsamen Mampf-Untermalung durch den Deutschlandfunk bei Gerhard tauchte sie auf, aber nun hat sie eine ganz andere Präsenz, was mir sowohl Mut als auch Schiss macht. Dass der Workshop so in die Vollen geht, hatten wir beide nicht gedacht.

Mittlerweile ist es siebzehn Uhr durch und somit schreiten wir zum nächsten Punkt auf der Tagesordnung: Einkaufen. Zielsicher steuern wir den nächstgelegenen Supermarkt an und bepacken den Einkaufswagen mit nur einem Kasten Bier (Allan ist wehmütig), einigen Kilo Grillfleisch und tonnenweise Kleinkram bis zum Überquellen. 4.623 Kronen ärmer schieben wir die Fracht quer über den gesamten Parkplatz (Allan musste im Schatten parken, obwohl die Sonne praktisch schon untergegangen war) und packen, natürlich nach präzisem Allan-System, alles in den Bus. Das heißt, ich darf zumindest anreichen. Auf der Fahrt nach Hause blubbern wie eh und je Allans ausgeleierte HipHop-Favoriten aus den Lautsprechern, die ich größtenteils auswendig kenne, nicht besonders mag, aber ihm zuliebe ertrage. Zu Hause angekommen, übernehme ich die Küche und kredenze zum Abendbrot einen Salat mit Hühnchen, gerösteten Pinienkernen und Joghurtdressing. Anders als geplant, essen wir jedoch ohne Georg, der seinen massigen Zwei-Meter-Körper inklusive Kleiderschrankkreuz im putzigen Kleinwagen acht Stunden lang von Stau zu Stau hangelt und somit ölsardinenartig ankommt, als ich bereits an der Matratze horche.

Donnerstag 10.05.2018

Allan und Georg nutzen gleich mal den ersten Abend für das ein oder andere Bierchen und sitzen bis halb vier zusammen. Trotzdem ist Georg bereits vor mir wach und erfüllt das Haus, wie immer, mit guter Laune, schlechten Witzen und nicht endenden Alleinunterhalter-Ergüssen. Ich gehe duschen und schließe mich wieder der Morgenrunde bei strahlendem Sonnenschein an. Den Tag verbringen wir mit Diskussionen, Tischtennis und Warten auf Janek und Moritz, die sich heute Morgen in Berlin mit ihren Motorrädern auf den Weg gemacht haben. Doch die zwei lassen sich Zeit, so dass wir um achtzehn Uhr ausgehungert beschließen, den Grill ohne sie anzuschmeißen. Von Lenas zwei riesigen Schüsseln Nudelsalat sind wir daher, in Kombination mit Grillfleischbergen, Brot und einem Salatrest von gestern, ziemlich überfordert. Mit vollem Bauch und Vorfreude auf ein frisch gezapftes tschechisches Bier machen wir uns danach auf den Weg zur Dorfkneipe. Auf halbem Weg kommen uns hier schließlich die beiden Motorradhomies in schwarzer Lederkluft und mit dröhnendem Maschinengeblubber entgegen, so dass wir den Männertag doch noch vollzählig bei Pivo, Wodka und anschließendem Kaminfeuer auf der Terrasse bis tief in die Nacht feiern. Ich lausche stundenlang den Gesprächen und mache damit meinem von den Jungs verliehenen Spitznamen „Silent-Smitty“ alle Ehre. Vielleicht bilde ich damit den natürlichen Gegenpol zu Georg, der bereits nach fünf Minuten weiß, wie der Dorfwirt heißt, wie lange er die Kneipe schon betreibt, wie viele Kinder er hat, wie alt sie sind, wo sie leben und so weiter und so fort. Das Ganze natürlich trotz stotternder Kommunikation in gebrochenem Englisch. Unglaublich! Wie macht der Typ das?

Freitag 11.05.2018

Georg ist wie immer, abgesehen von Lena und Nelli, der Erste, der wach ist. Dicht gefolgt von Janek, Moritz, mir und schließlich dem morgenmuffligen, Restalkohol abbauenden Allan. Das angekündigte schlechte Wetter bleibt zum Glück aus und so überschütte ich mich zum Start in den Tag in der warmen Sonne kalt im Garten. Das Frühstück begrenzt sich auf ein Brötchen im Stehen, etwas Müsli oder „Fußpils“ aus dem Kühlschrank, je nach Hungergefühl und Geschmack der Jungs. Dann starten wir die Wanderung zum Mittagessen in den Nachbarort. Lena und Nelli begleiten die Männerrunde. Ich dokumentiere unseren Ausflug mit der Kamera und schaffe diesmal den Spagat zwischen Verstecken und Teilhaben an den Gesprächen.

Als wir nach eineinhalb Stunden am Restaurant ankommen, wird unser Gulasch-Knödel-Hunger vom schäbigen Ambiente und noch mehr vom asiatischen Küchenpersonal verunsichert. Die einheimischen Gäste scheinen das anders zu sehen, also bleiben wir da. Eine Alternative gibt es in dem kleinen Ort ch nicht. Wir bestellen sechs Portionen Schweinebraten mit Knödeln und Letcho-Soße. Traditionelles böhmisches Essen ist das nicht gerade, und Georg liefert wie immer den passenden Kommentar für unser Geschmackserlebnis: „Zum Scheißen reicht's."

Janeks Handy führt uns auf einer anderen Route zurück. Wir wandern vorbei an Wiesen und Wäldern auf weit weniger Betonboden, aber scheinbar weit mehr Kilometern. Vielleicht fühlt es sich auch nur so an, weil unser Weg fast die ganze Zeit bergauf führt. Von der Sonne und der Anstrengung zerschmolzen, erreichen wir ausgetrocknet das Haus. Ich schneide die Wassermelone auf, die ich vorsorglich im Kühlschrank untergebracht hatte, und verfüttere sie an die teils rumlümmelnd-passive, teils schon wieder tischtennisaktive Meute im Garten. Wir genießen die Nachmittagssonne, wechseln uns an der Platte ab, sitzen in verschiedensten Konstellationen zusammen und quatschen. Genauso hatte ich es mir gewünscht und genieße daher jede Sekunde. Die ein oder andere davon halte ich als Foto fest.

Am Abend feuern wir erneut den Grill an und widmen uns, heute mit voller Mampfkraft, den Nudelsalatbergen und den mehr als üppigen Grillfleischbeständen. Ich bin ziemlich fertig von der Wanderung und merke, wie sich ein Husten anbahnt. Trotzdem schließe ich mich der letzten Runde in der Dorfkneipe an. Diese gemeinsamen Momente mit den Jungs sind einfach zu selten, als dass ich sie verpassen möchte, auch wenn ich weiterhin nur stumm lausche.

Nach jedem Männertag ärgere ich mich über mich selbst und nehme mir fest vor, mich beim nächsten Mal mehr zu unterhalten. Ich überlege mir sogar vorher auch dieses Mal, was ich von wem wissen möchte. Zum Beispiel, wie es den Kindern geht, wie der letzte Urlaub war, an welchen Projekten sie gerade arbeiten oder wie es um ihre Beziehung steht. Doch kaum in der Runde angekommen, verfalle ich starr in Zuhörmodus und zögere ein ums andere Mal, meine Gedanken auszusprechen, bis die Dialoge bereits zum nächsten Thema gesprungen sind. Georgs immerwährendem, raumfüllendem und mitunter nervigem Redefluss daran die Schuld zu geben, wäre einfach, aber im Endeffekt nur eine Ausrede. Mich dafür zu grämen, bringt jedoch auch nichts. Deshalb versuche ich, es nun als ein Teil von mir zu akzeptieren und vielleicht so die damit verbundene Anspannung zu lösen.

Montag 14.05.2018

Als ich mich gestern nach dem Frühstück auf die Heimreise begebe, geht es mir gut. Als ich nach viereinhalb Stunden durchtränkt von Sitz- und Rückenschweiß in Lehnitz ankomme, geht es mir noch immer gut. Und auch als ich schließlich pennen gehe, geht es mir gut. Doch als ich heute Morgen um fünf Uhr wach werde, plagen mich Glieder-, Hals- und Kopfschmerzen. Kurz gesagt, ich bin im Sinusitis-Eimer. Ich schleppe mich runter in die Küche, schaufle schweigend mein Müsli und steuere wenige Minuten später, wie mit Ronny abgesprochen, meine Karre zu seiner Werkstatt für den TÜV-Termin.

Ich drücke ihm die Schlüssel in die Hand und lasse mich am Bahnhof absetzen. Der Bus zurück nach Lehnitz fährt erst in knapp einer Stunde. Da Marlen morgen Geburtstag hat, nutze ich die Zeit, um ihr eine Geburtstagskarte auf dem Laptop zu gestalten und in einem Copy-Shop auszudrucken. Das Ganze dauert jedoch länger als gedacht, und so verpasse ich meinen Bus um wenige Minuten. Der nächste fährt zwei Stunden später. Als Marlen am nächsten Morgen mit einem breiten Grinsen meine Karte bestaunt und dann auch noch mit schallendem Lachen das Pupskissen auspackt, hat sich die extra Wartezeit mehr als gelohnt.

Endlich zurück auf dem Hof, ziehe ich mich in mein Zimmer zurück. Ich schlafe, trinke Tee und mache am Abend noch einen Spaziergang, um etwas müde zu werden.

Mittwoch 16.05.2018

Der Rotz lässt mich noch immer nicht los. Ich versuche, mir die Laune nicht verderben zu lassen (Club der Neunundneunzig), und nehme es gelassen. Auf Rumhängen habe ich jedoch überhaupt keinen Bock mehr, also suche ich mir etwas zu tun. Da es seit Tagen regnet, räume ich im ehemaligen Kuhstall zwei der riesigen Schwerlastregale frei, in denen sonst der gekelterte Saft lagert, damit sie demnächst vor die frisch geweißten Wände umziehen können. Nachdem ich zwei, drei Stunden Kram von links nach rechts getragen habe, mache ich pünktlich zum Mittagessen Feierabend. Für heute reicht's. Vollgefuttert gehe ich dann auf mein Zimmer, verplempere etwas Zeit auf dem Laptop, penne und sieche.

Am Nachmittag nutze ich die wenigen Sonnenstrahlen, die durchs Grau brechen, für einen Spaziergang. Je weiter ich mich von Lehnitz entferne, desto mehr zieht es wieder zu. Ich bleibe optimistisch und erweitere die Rückrunde übers nächste Dorf. Dort angekommen, fängt es an zu schütten. Gelangweilt stehe ich unter einer Eiche und warte auf das Aussetzen des Regens.

Plötzlich ist mein Kopf bei Marie und meine gute Laune ist damit so schnell verschwunden wie die Sonne. Das Gewitter brodelt über mir, Wut und Enttäuschung in mir. Im August 2016 schockte sie mich mit dem Satz: „Ich weiß nicht, ob ich weiterhin deine Frau sein kann." Zu diesem Zeitpunkt hatte sie bereits seit einigen Monaten Kontakt mit einem Arbeitskollegen, was ich in kleinen Fetzen erst nach und nach, dazu meist zufällig von ihren Freundinnen erfuhr. Was genau passiert ist oder auch nicht passiert ist, weiß ich bis heute nicht. Bis zu unserer Trennung verging ein ganzes Jahr. Eine zwölfmonatige Folter aus Ungewissheit, Nicht-Kommunikation und Zurückweisung.

Wenn ich könnte, würde ich diese Tür am liebsten zuknallen. Es schüttet und schüttet. Irgendwann latsche ich trotzdem los, verfluche den Regen, der sich über mir festgesetzt hat, und meine Frau, die sich in meinem Kopf festgesetzt hat. Klatschnass komme ich auf dem Hof an, gehe duschen und setze mich ans Klavier, um die Gedanken zu verjagen. Kaum dass die ersten Töne verklingen, öffnet Emma die Tür und grinst, als könnte sie meine Gedanken lesen.

Donnerstag 17.05.2018

Mein Laptop streikt, genauer gesagt das Festplattenkabel. Ersatz ist unterwegs. Insofern kritzle ich diese Zeilen ganz altmodisch mit Bleistift auf Papier. Heute Morgen ist endlich Sinusitis-Besserung in Sicht. Vorsichtshalber gehe ich es aber weiter langsam an. Ich frühstücke in Ruhe, räume noch etwas den Kuhstall auf, mache eine lange Mittagspause und flexe, als letzte Maßnahme vor dem Feierabend, eine überstehende Metallstrebe ab.

Mein inneres Marie-Gewitter legt sich langsam. Die Enttäuschung bleibt, wahrscheinlich für immer. Ich denke, ich werde den Kontakt zu Marie und ihrer gesamten Familie jetzt abbrechen. Anders bekomme ich diese Tür einfach nicht zu.

Sollte Marie die Scheidung nicht einreichen, werde ich es im Herbst tun.

Samstag 19.05.2018

Seit gestern Nachmittag bin ich wieder mal allein. Der Chaos-Clan verbringt die Pfingstfeiertage bei Verwandten und ich hüte Haus, Hof, Hühner und sonstige tierische Mitbewohner. Ein Stück vom frisch gebackenen Rhabarberstreuselkuchen hinterlassen sie leider nicht. Dafür jedoch eine verwüstete Küche. Das Chaos schiebe ich seit gestern Abend vor mir her, gegebenenfalls auch nach links und rechts, um ein paar Quadratzentimeter für die Nahrungsaufnahme freizumachen. Ich habe mich also offiziell dem wüsten Durcheinander ergeben. Aber morgen kommt Mutti zu Besuch und die Abfahrt zur Abholung am Dresdner Hauptbahnhof startet bereits früh um neun Uhr. Ich muss also heute noch klar Schiff machen.

Bevor es mit dem Dachbau am Reitplatz losgeht, beschäftige ich Mira noch ein paar Minuten mit dem Hula-Hoop-Reifen. Sitz, Platz, Rolle und los! Der Reifen fliegt durch die Luft, und kaum dass er auf dem Boden aufkommt, schnappt Mira zu, lässt wieder los, schiebt ihn knurrend ein paar Meter mit der Nase über den Schotter und windet sich in und um das zerbissene Plastik, bis ein Ende im Maul steckt und eins auf ihrem Hintern aufliegt. Ein herrliches Schauspiel, welches ich erneut starte, sobald sie den Reifen vor mir ablegt.

Hundertprozentig fit bin ich noch nicht, aber es ist schön, nach fünf Tagen gelangweiltem Rumliegen wieder etwas zu tun

zu haben und im Freien zu sein. Also säge, baue und schraube ich vorsichtig mit halber Kraft vor mich hin. Zwischendurch spiele ich mit Mira, füttere die Hasen und beobachte die sieben jungen Gänslein, die den ganzen Tag mit Papa Gans über den Hof watscheln oder im Teich plantschen. Als ich hier ankam, waren sie flusig-gelb und kaum größer als zwei Hände voll. Mittlerweile sind sie proper, weiß gefedert und damit fast schon so groß wie der Ganter, der allesamt noch immer fauchend beschützt. Nachdem die letzte Latte verschraubt ist, packe ich das Werkzeug zusammen und versorge die Pferde mit Heu-Abendbrot. Mira bekommt Pansen, Luftröhre, Magen, Niere und sonstiges Zerhäckseltes vom Rind in blutigem Saft. Schling, schleck.

Nach dem Duschen packe ich das neue, heute eingetroffene Festplattenkabel aus und mache mich an die Reparatur meines Laptops. Während ich die Schrauben löse und konzentriert der Anleitung aus dem Internet folge, dudelt meine „Pop usw."-Playliste vor sich hin. Radiohören ist für mich wirklich eine Qual, aber der ein oder andere Popsong bleibt eben doch in meinem Ohr kleben. Je einfacher der Titel gestrickt ist, desto besser finde ich ihn (nichts ist schwieriger als Musik zu schreiben, die einfach klingt). Da ist sie wieder, die Essenz. Nur bei (den meisten) deutschen Textzeilen muss ich echt weghören: "Die erste Zigarette auf der Schultoilette ..." Das muss bessergehen! Ich setze in Gedanken Songtexter mit auf meine Berufswunschliste und habe eine halbe Stunde später mein erstes

Festplattenkabel erfolgreich gewechselt. Zufrieden packe ich das Werkzeugset zusammen und freue mich, die Fahrt in die Stadt und die Reparaturkosten gespart zu haben. Für irgendwas muss meine dunkle Computersupportvergangenheit ja nützlich sein. Im Anschluss räume ich nun endlich die Küche auf und danach mich selbst ins Bett.

Sonntag 20.05.2018

Meine Karre wird noch immer von Ronny zusammengeflickt und die Chaos-Clique ist übers Wochenende mit ihren beiden Autos unterwegs. Daher hatte ich Heinrichs gefragt, ob ich ihr Auto leihen könnte, um Mutti abzuholen. Aber da Marianne eh zur Pfingstmesse nach Dresden fährt, passt das wunderbar. Und zwar nicht nur vom Weg und der Zeit her, sondern auch von der Sympathie. Marianne hat eine sehr ruhige, herzliche Art und es fällt mir leicht, mit ihr zu reden. Daher habe ich keine Manschetten zu fragen, warum sie nicht in der Nähe zur Kirche geht. Sie antwortet, dass ihre Wahlkirchengemeinde in Dresden ist bzw. die Messe dort eine außergewöhnliche Ruhe ausstrahlt und sie die Predigten stärker berühren und bewegen als anderswo, auch wenn sie anfangs schwer zu verstehen sind. Das macht mich irgendwie neugierig, obwohl ich nicht mal ansatzweise religiös bin. Marianne ist Physiotherapeutin, wie ich erfahre, und kombiniere daher, dass sie Berit, die ebenfalls Physiotherapeutin ist, während der Ausbildung kennengelernt hat.

Begeistert erzählt sie mir von der Spiraldynamik und davon, Patienten zu begleiten, die einen Neuanfang starten, nachdem sie die Warnsignale ihres Körpers jahrelang zum Schweigen gebracht haben, bis dieser die Notbremse zog. Dabei fällt der Satz: „Nichts wünscht man sich sehnlicher, als das, was man strikt ablehnt." Hmm, was lehne ich denn strikt ab, schießt es mir durch den Kopf. Eine Antwort finde ich nicht, auch weil die Worte weiter sprudeln, bis wir schließlich das Auto vor der Kirche parken.

Die Messe beginnt um zehn Uhr und dauert circa eine Stunde. Mutti kommt um 11:30 Uhr an. Es wäre also genug Zeit, sich die Sache mal anzuschauen, denke ich, während ich beim Bäcker gegenüber Platz nehme und frühstücke.

Kurz entschlossen schleiche ich mich neugierdurstig in die Kirche, in der gerade die Messe begonnen hat, und setze mich in die hinteren Reihen. Meine Augen suchen Marianne, meine Hände knüpfen aufgeregt die Hemdknöpfe zu, meine Gedanken springen von links nach rechts und meine Aufmerksamkeit braucht fünfzehn Minuten, um sich zu beruhigen und den bedächtigen Worten des Pastors zumindest akustisch zu folgen. „Christus in euch ...", sagt er, hält dabei den einen Arm nach oben und den anderen zur Seite. „... und deinen Geist erfülle er", vervollständigt einer der beiden Gottesdiensthelfer seelenruhig monoton. Diese Szene wiederholt sich mehrere Male, verteilt über die gesamte Messe. Es ist das Einzige, was ich behalte, aber ebenso wenig wie die restlichen Gebete, Bibelpassagen oder Lieder deuten kann. Und dennoch überträgt sich die bedächtige Atmosphäre auf mein Inneres. Ein Tritt auf die Bremse, und zwar mit voller Kraft. Das tut gut!

Nachdem wir die Kirche verlassen haben, steuern wir den Dresdner Hauptbahnhof an, der nur wenige Straßen entfernt ist, und warten vor Ort im Auto. Ich erzähle von Marie, Marianne vom Reiten, und kaum dass Mutti einsteigt, niemandem mehr irgendetwas. Ich verstehe das einfach nicht. Auf dem Hof angekommen, fangen die Worte zwischen mir und Mutti langsam wieder an zu fließen. Marianne ist Mutti ebenfalls direkt sympathisch, was wohl auf Gegenseitigkeit beruht, da sie nach wenigen Minuten nochmal den Kopf zur Tür hereinsteckt und uns zum Grillen einlädt, was wir, aus Bedacht auf die lang ersehnte Mutter-Sohn-Zweisamkeit, dankend ablehnen. Ich gebe eine kleine Hofführung und dann nehmen wir Mira an die Leine für die kleine Standardrunde ums Dorf.

Nach Muttis Kreuzworträtseln und meinem Mittagsschlaf, machen wir uns auf den Weg zu Mariannes Restaurantempfehlung „Zum heißen Stein". Wir laufen knapp eine Stunde bei strahlendem Sonnenschein über die Dörfer, ohne viele Worte zu verlieren. Vor, während und nach dem Essen verlieren wir dafür umso mehr von ihnen. Ich versuche mittlerweile beide Zustände ebenso wie Muttis weitgehendes Auslassen emotionaler Themen zu akzeptieren und damit einen Weg zu finden, die Vergangenheit ruhen zu lassen. Meine Sorgen, Probleme oder Gedanken kann ich jederzeit, auch ungefragt, äußern. Egal was, egal wie, egal wann, mach die Klappe auf! Du kannst das!!!

Den Rückweg kürzen wir über die Bundesstraße ab, schrecken auf dem Feldweg ein Reh auf, das zum Anfassen nah ist, und erreichen in der Abenddämmerung den Hof. Katze Lilli empfängt uns mit dreiteiliger Mauskotze auf der Küchenzeile, so dass ich mein Abendbrot fast daneben breche. Miras Pansen-Mix-Fütterung macht es auch nicht besser. Würg!

Montag 21.05.2018

Als wir heute Morgen aufstehen, erzählt mir Mutti, dass sie gestern Abend beim Versuch das Fenster zu schließen einen Krampf in beiden Waden hatte und wie ein Brett umfiel. Das haut nun wiederum mich um, weil es einer der Momente ist, in denen mir bewusstwird, dass die Rollen jetzt vertauscht sind. Und somit versorge ich Mutti mit einem Frühstück, das keine Wünsche offenlässt.

Ohne Auto bleiben nicht viele Ausflugsmöglichkeiten, aber die brauchen wir gar nicht. Stundenlang sitzen wir im Hof unterm Sonnenschirm und schlürfen Kaffee, während Mutti von ihrer Kindheit und Familie erzählt. Sie berichtet, wo sie wohnten, wie es war, als ihr Vater aus dem Krieg zurückkam, und wieso sie den Kontakt zu ihrer Schwester abbrach. Opa habe ich leider nie kennengelernt und Oma starb, als ich vier oder fünf Jahre alt war, so dass meine Erinnerungen an sie aus wenigen unscharfen Bildern bestehen. Umso schöner ist es, den unbekannten Details zu lauschen.

Nach einem kleinen Mittagsschlaf setze ich die letzten Schrauben für das Dach am Reitplatz. Während Mutti weiter ihren Rücken schont und sich in ihr Rätselheft vertieft. Dann wird die Ruhe auf dem Hof schlagartig durch die Ankunft von Emma, Ilse, Marlen und Basti beendet, die Mutti beim gemeinsamen Eisessen einen kleinen Einblick in das lehnitzsche Alltagschaos verschaffen. Kurze Zeit später verabschieden wir uns in Richtung Dresdner Hauptbahnhof. Mutti ist sichtlich unruhig, obwohl wir mehr als genügend Zeit eingeplant haben. Ihre Anspannung fällt erst ab, als sie nach weiteren dreißig Minuten Warten endlich in den Bus nach Berlin steigen kann. Ich dagegen bin heilfroh, nicht nach Berlin, sondern wieder ins verschlafene Dörfchen zurückzukehren. Unser gemeinsames Wochenende war wirklich schön und ich denke, es hat uns etwas nähergebracht.

In Gedanken versunken, verpasse ich ein ums andere Mal den richtigen Abzweig und fahre letztendlich statt über die Autobahn, gemütlich über die Landstraßen, mit herrlichen Ausblicken auf den Sonnenuntergang. Ich mag die Gegend wirklich sehr und fühle mich hier rundum wohl. Deswegen purzeln bereits seit mehreren Wochen die Fragezeichen durch meinen Kopf. Ist das jetzt eigentlich Auszeit oder Alltag? Darf es denn Alltag sein? Geht denn das? Klar geht das! Es geht immer! Die eigentliche Frage ist: Will ich das? Und vielleicht noch: Traue ich mir das? Ich habe echt Schiss vor meinem neuen Leben als Audio-Journalist Schrägstrich Schriftsteller Schrägstrich Filmmusikkomponist Schrägstrich Songtexter oder was auch immer. Denn es erscheint mir nicht nur wie die Rückkehr nach Berlin, sondern wie die Rückkehr in eine Welt aus Büros, Gedränge und Geldgegeier, in der ich nie wieder leben möchte. Die nächsten zwanzig Jahre aus fremden Kühlschränken essen, hat aber auch nicht gerade was mit Ankommen zu tun. Ach, was soll's. Ich habe den Weg bis hierher gefunden, bin froh, dass ich ihn gegangen bin, und werde auch noch die nächsten Kilometer schaffen.

Nach einer Stunde Grübeln, Bremsen und Blinken parke ich auf dem Hof. Dass die Küche bis vor zwei Stunden noch aufgeräumt war, ist nicht mal mehr ansatzweise erkennbar. Das Chaos-Kommando ist zurück! Die Mädels ningeln müde vor sich hin und ich korrigiere meine Kinderplanung leicht nach unten. Zwei Mädchen sollten wohl auch reichen.

Freitag 25.05.2018

Heute bin ich ganz im Motorsensenrausch und mache rings um den Hof alles platt, wo der Rasenmäher nicht hinkommt. Gras, Brennnesseln und sonstiges Gewuchere, das der doofe Stadtmensch nicht erkennt, fallen mir zum Opfer. Ich lasse es liegen, so dass es in der Sonne trocknet. Ein paar Stunden später werde ich es zusammenharken und den Pferden zum Verputzen auf die Koppel werfen. Die freuen sich schon. Keine Ahnung, wie die Brennnesseln essen können, aber sie tun es, wenn sie etwas angetrocknet sind. Nach ein paar Stunden Amateur-Heu-Machen in Latzhöschen bei knallender Sonne bin ich ordentlich durchgeweicht, so dass es eigentlich zischen müsste, als das kalte Brunnenwasser für Abkühlung sorgt.

Simons Heu-Machen spielt definitiv in einer anderen Liga. Er mäht, wendet und schwadet bereits seit Tagen einige Hektar Land rings um den Hof. Ich habe mal nachgezählt und komme auf sechs bis sieben Traktorfahrten pro Fläche. Einmal mähen,

zwei- oder dreimal wenden (je nachdem wie gut das Heu trocknet), einmal schwaden, einmal pressen und einmal Ballen einsammeln. Das ganze zwei Mal (Erstschnitt und Zweitschnitt) auf insgesamt acht Wiesen. Was für ein riesiger Aufwand! Zwar deckt die Ernte den kompletten Jahresbedarf Pferdefutter ab, aber wenn man die ganzen Arbeitsstunden, auch die der unzähligen befreundeten oder verwandten Helferlein, zusammenzählen würde, bezweifle ich, dass sich das wirtschaftlich rechnet. Dass es sich dennoch tausendfach auszahlt, merke ich bereits nach wenigen Minuten auf dem Feld, als Simon am späten Nachmittag das erste Mal die Presse anschmeißt. Jeder, der kann, egal ob klein oder groß, schnappt sich eine Harke und packt mit an. Das geschäftige staubige Treiben wirkt im warmen Abendsonnenlicht umso schöner, so dass ich zum Einfangen der Atmosphäre praktisch nur noch auf den Auslöser drücken muss.

Als wir fertig sind, schließe ich mich den Kindern bei einer Runde Zombieball an (eine Mischung aus Zweifelderball und Fangen), bei der auch Ilses Patentante mitmacht. Sie ist um die dreißig, definitiv mein Typ und viel zu schnell wieder weg. Es bleibt also leider bei ein paar Abwürfen und ein paar flüchtigen Blicken. Schade! Beim Abendbrot erzählen Basti und Berit, dass sie Krebs hatte, den sie, abgesehen von der medizinischen Versorgung, auch dank ihrer positiven Lebenseinstellung und ihrem starken Willen besiegt hat. Klingt, als wüsste sie, worauf es im Leben ankommt. Die Dame wird immer interessanter. Bei der nächsten Gelegenheit werde ich Berit mal vorsichtig zu ihrer Namensvetterin ausquetschen. Bevor ich schlafen gehe, sortiere ich die besten Heu-Fotos aus und bearbeite sie bis ein Uhr nachts. Etwas schneiden, etwas mehr Kontrast, und schon wird aus einem sehr guten Foto ein Knaller-Bild. Ich liebe das!

Samstag 26.05.2018

So frei wie mein Kopf tagsüber von meiner Noch-Frau ist, so vollgestopft ist er nachts. Wie so oft in den letzten Tagen, stehe ich auf und beende damit einen weiteren Marie-Traum. Daran lässt sich gut ablesen, wie weit diese Tür immer wieder aufgeht. Es wird wohl noch einige Zeit brauchen, bis sie zubleibt. Das kalte Wasser klatscht auf meinen Kopf und spült den Schlaf und die Träume schlagartig fort. Ich fühle mich endlich wieder richtig fit und bin damit mehr als bereit für die weitere Heuernte.

Gerade als ich mit Zähneputzen fertig bin, höre ich, wie draußen auf der Obstwiese der Traktor startet. Simon lässt viel lieber Taten statt Worte sprechen und erntet damit, neben Heuballen, bei mir weitere Sympathiepunkte. Ich schnappe mir meine Ausrüstung für den Tag, bestehend aus Wasserflasche, Mistgabel sowie Kamera. Los geht's!

Mehr als einhundertfünfzig Ballen liegen in gleichmäßigen Abständen verteilt über die gesamte Obstwiese, die wir uns als erstes vornehmen. Jakob, der gerade mal zwölf Jahre alt ist, steuert den knallroten Traktor Baujahr '58 im Schritttempo durch die Reihen, während Simon oben auf dem Hänger steht und die Ballen entgegennimmt, die von allen Seiten

nach oben gehievt werden. Die Kinderschar sitzt abwechselnd oder zusammengequetscht links und rechts auf den riesigen Kotflügeln des Traktors, Mira rennt kreuz und quer übers Feld und die etlichen fleißigen Helferlein eilen von Ballen zu Ballen, bis der Anhänger mit über einhundert von ihnen vollgestopft ist. Danach schwingt man sich, falls noch Platz ist, mit auf den Anhänger und schaukelt gemütlich zum Abladen. Es ist ein herrliches, sich ständig änderndes Gewusel bei strahlendem Sonnenschein und guter Laune. Meine Augen entdecken demzufolge im Sekundentakt die herrlichsten Fotos, nur zu doof, wenn ich gerade statt der Kamera einen Heuballen in den Händen halte. Ich schaffe den Foto-Heu-Spagat aber sehr gut.

Bis in den späten Nachmittag hinein pressen, rechen, laden und stapeln wir. Zwischendurch wecke ich regelmäßig meine Lebensgeister unter der eisigen Brunnenwasserdusche. Nachdem die vielen Flächen rings um den Hof abgegrast sind, fehlt „nur noch" die Weide oberhalb von Simons Feld. Weitere einhundertfünfzig Ballen freuen sich auf uns. Meine Unterarme sind völlig zerpikst und mein ehemals weißes T-Shirt ist grau sowie Schweiß durchtränkt. Müde schleichen wir dem letzten Anhänger hinterher und entladen die Fuhre, deutlich geschwächt. Nur Gunther rackert ohne Rast. Latscht, hievt und stapelt mit endloser Ausdauer und knochentrockenem Hemd, langer Hose und schneeweißer Schiebermütze. Die Temperaturen in Argentinien und sein Leben als Bauer haben ihn trai-

niert. Ich frage mich, die wievielte Heuernte das wohl ist, die er miterlebt, und schnaufe dabei wie ein 74-Jähriger, während Gunther die zwanzig Kilo schweren Ballen munter weiter stapelt wie ein 38-Jähriger.

Geschafft und zufrieden kühle ich mich ein weiteres Mal unter dem Brunnenwasser ab und schaue zu, wie die kratzenden Heureste von meiner klebrigen Haut gespült werden. Zum Abendbrot gibt es Stulle mit Brot am Lagerfeuer. Irgendwie eine komische Kombination. Dann ergebe ich mich der Neugier und verabschiede mich auf mein Zimmer für eine erste Fotosichtung. Ein paar Stunden später kehre ich zufrieden zurück, als just in dem Moment allgemeine Aufbruchsstimmung an der Feuerstelle herrscht. Also sitze ich allein im hellen Mondlicht, starre in die Glut, unterhalte mich mit mir selbst, etwas mit Kasimir, der mir, kaum dass ich sitze, um die Füße streicht, und bin glücklich. Das war verdammt anstrengend und verdammt schön. Ein weiterer Tag für mein Sammelalbum.

Sonntag 27.05.2018

Bin ich alle! Mein Rücken! Ächz! Saft- und kraftlos schleppe ich meine ausgelaugten Gliedmaßen um neun Uhr zum Frühstück. Basti hat bestimmt vierzig Brötchen gebacken (was für ein Backwarenüberfluss!), wovon ich eins nach dem anderen genussvoll vertilge. Sattgemampft verabschiede ich mich vom Tisch und gehe Fotos bearbeiten.

Gegen dreizehn Uhr schaue ich wieder in der Küche vorbei, beseitige das übriggebliebene Frühstückschaos und setze mich anschließend zum Tagebuchschreiben in den Hof. Ich finde jedoch keine richtige Ruhe dafür und klappe nach ein paar Sätzen den Laptop wieder zu. Jakob vermeldet wenig später den baldigen Aufbruch zur vermeintlich letzten Heurunde. Als es heute Morgen etwas regnet, bin ich nicht gerade enttäuscht, dass die letzten zwei Weiden im Nachbardorf noch etwas warten müssen. Aber nun, wo ich erfahre, dass der Regen die Flächen verschont hat, lasse ich Heinrichs bestimmt nicht im Stich. Ausruhen kann ich mich auch morgen.

Simon und seine Söhne Jakob und Alex, tuckern mit dem Traktor, dem Anhänger und der Heupresse über die Feldwege zum Ort des Geschehens. Marianne, Gunther und ich fahren mit dem Auto. Unseren Vorsprung nutzen wir, um die liegen-

gebliebenen Heureste zu rechen und sie auf die Schwaden zu verteilen. „Kommt dich deine Frau mal besuchen?", fragt Marianne plötzlich und ergänzt: „Ich würde sie wirklich gern kennenlernen." Tja, die Idee, Marie einzuladen, hatte ich durchaus, jedenfalls bis zu unserem letzten Telefonat vor ein paar Wochen. Also antworte ich, dass ich beschlossen habe, auf Abstand zu gehen. Daraufhin erwidert Marianne: „Du musst den gleichen Schmerz erfahren wie sie. Eine Beziehung braucht immer den Ausgleich." Dann fügt sie hinzu: „Ich glaube schon, dass das deine Frau ist.", und lässt mich damit Gedanken kreisend zwischen den Schwaden zurück.

Ins Hier und Jetzt zurückzukehren gelingt mir erst, als die Ballen gepresst sind, ich die Harke parke und wir anfangen aufzuladen. Weitere zwei große Ladungen schaffen wir zurück zum Hof, wobei ich die letzte Fahrt in der Dämmerung zusammen mit Simon, Alex und Gunther auf dem Traktor genieße. Die Aussicht über die Felder ist einfach wundervoll und spiegelt die ruhige Art der Heinrich-Männer wider, bei der ich mich so wohlfühle. Nach einem Stopp zum Kirschenessen am Feldrand kommen wir auf dem Hof an, stopfen die Scheune voll bis unters Dach und stoßen in der Dämmerung erschöpft auf die erfolgreiche Heuernte an. Mein Lohn sind neben jeder Menge Genugtuung weitere dreißig Heufotos.

Montag 28.05.2018

Ich mache heute den Montag zum Sonntag. Der Wecker klingelt dementsprechend gar nicht und somit penne ich bis kurz vor zwölf Uhr, was mich etwas erstaunt. Aber nach den letzten drei Tagen Heuernte mit mehr als 600 Ballen, wovon ich locker die Hälfte mindestens einmal in der Hand hatte, habe ich es mir auf alle Fälle verdient. Ganz zu schweigen von meiner Doppelbelastung als Fotograf und Heuhelfer.

Man, was ich alles kann! Musik produzieren, schreiben, fotografieren, dazu kommt noch mein hochgradiges handwerkliches Geschick, mein enormes technisches Verständnis, meine unendliche Kreativität, mein prachtvolles Äußeres, mein bombastischer Charme und mein fulminanter Sinn für Humor. Man, man, man ... jetzt bin ich selbst von mir beeindruckt. Kaum vorzustellen, was ich damit noch alles anstellen werde. Fotograf, Journalist oder Songtexter sind da ja noch die harmlosesten Aussichten. Vielleicht werde ich ja Schauspieler, Model oder preisgekrönter Schriftsteller. Schon fast unheimlich!

Als es dreizehn Uhr ist, sitze ich gerade einmal beim Frühstück und schmökere, wie so oft, in der Sächsischen Zeitung. Ich lese alles, angefangen mit Weltpolitik (Donald und Kimi pokern seit Tagen, ob sie sich nun mal die Hände quetschen oder nicht) über Kurioses (eine entlaufende Katze kehrt mit Hilfe der Polizei nach achtzehn Jahren zu seinem ungläubigen Besitzer zurück) bis hin zu lokalen Nachrichten (die Bombenentschärfung in Dresden ist beendet und der dicke Sprengmeister platziert seine Wampe neben dem ähnlich geformten Übeltäter). Neulich habe ich einen Artikel über einen Entomologen, sprich Insektenforscher, gelesen und dachte mir: „Gut geschrieben. Das kann ich auch!“ Die abgedruckten Fotos dazu gefielen mir ebenso. Auch die hätte ich schießen können. Ja, Schreiben sowie Fotografieren sind schon geil!

Nach meinem ausgedehnten Frühstück, welches ich mit Zeitunglesen und Tagebuchschreiben bis sechzehn Uhr strecke, wird mir etwas langweilig. Jetzt brauche ich was zu tun. Also widme ich mich dem kleinen, halb verrosteten Basketballkorb, den ich neulich beim Brennnesselumnieten entdeckt hatte. Nach vier Stunden Werkeln ist eine neue Mini-Korbanlage geboren, die dank Emmas mittlerweile überflüssigen Stützrädern auch mobil ist.

Kaum dass ich die letzte Schraube angezogen habe und dem ersten Wurf entgegenfiebere, fängt es an zu schütten. Na, dann eben erst einmal Abendbrot essen. Einige dicke Salamistullen später zischt dann endlich der erste Ball durchs Kartoffelnetz. Ganz vergessen, außerordentlich sportlich bin ich ja auch noch. Mann, Mann, Mann!

Donnerstag 31.05.2018

Heute starte ich nach dem Frühstück einen weiteren Motorsensen- und Rasenmähermarathon. Reitplatz, Volleyballplatz, Feuerplatz und sonstige Plätze auf oder rings um den Hof fallen mir zum Opfer. Die Sonne heizt gnadenlos ein. Die Schlauchdusche kühlt von außen und der Holunderblütensirup mit kaltem Wasser von innen. Nachdem ich fertig bin, lenke ich meine Schaffenskraft in Richtung Hollywoodschaukel-Sanierung. Das Gestell hatte ich bereits letzte Woche mit Hilfe der Flex und unter Verschleiß von drei Metallbürstenaufsätzen von den abblätternden Lackresten befreit. Hmm, ein paar Böcke zum Schleifen und Streichen der Einzelteile wären nicht schlecht. Ich werfe ein Blick ins selbstgebaute Holzlager (immer wieder eine Freude, ebenso wie die aufgeräumten Werkstattregale) und kehre mit ein paar Leisten und zwei stärkeren Bohlen zum Kuhstall Schrägstrich Werkstatt zurück. Ist ja schnell gemacht! Zwei Stunden später ist einer von zwei Böcken fertig.

Dann lege ich eine Volleyballpause mit den Mädels ein. Ilse verlässt, wie immer schreiend und motzend, das Spielfeld, nachdem sie und Theresa drauf und dran sind, das Match zu verlieren. Marlen und ich gehen also kampflos als Sieger hervor. Zurück zum Bandschleifer und dem zweiten Bock. Kurz vor

Fertigstellung verlässt nun der Bandschleifer, weniger motzend, mehr kotzend, aber vor allem glühend heiß das Spielfeld. Die letzten Zentimeter schleife ich also von Hand. Ächtz! Scheiße, ist das anstrengend! Wäre ich ein Bandschleifer, hätte ich auch aufgegeben. Aber das bin ich nicht!

Nach zwei weiteren Stunden ist das Bockpärchen komplett. Lassen sich sehen, die Dinger! Erst recht, wenn man bedenkt, dass ich außer Stichsäge, Akkuschrauber und meiner handwerklichen Begabung praktisch keine weiteren Hilfsmittel zur Verfügung hatte. Zum Relaxen folgen nun einige Runden Zombieball mit den Mädels, bis Ilse auch dieses Spiel motzend beendet. Es gibt schlechte Verlierer, verdammt schlechte Verlierer und Ilse. Ungeachtet dessen spielen wir noch ein paar Minuten weiter, bis das Abendbrot fertig ist.

Gerade als ich selig vollgefressen nur noch reglos im Liegestuhl erstarren möchte, verkündet Marianne eine letzte Heurunde. Simon hat, wie immer heimlich, still und leise, geschwadet, gepresst und überlässt nun seiner Frau die kurzfristige frohe Botschaft gegen 21 Uhr. Taten sprechen zu lassen, hat eben auch seine Schattenseiten. Wenn das einer weiß, dann bin ich es. Ich bin völlig fertig! Egal, sie hätten mich auch nachts um drei wecken können und ich wäre ohne einen Mucks dabei.

In der Dämmerung schleichen Basti, Marianne und ich dem Anhänger hinterher. Dann steige ich auf die Ladefläche und versuche mich im Stapeln. Die Einweisung von Simon begrenzt sich auf zwei, drei Sätze. Eine hundert Seiten starke Doktorarbeit hätte mir jedoch genauso wenig genützt, und so purzeln nach wenigen Metern bereits die ersten Ballen. Wenn ich mir überlege, dass Gunther den Hänger mindestens doppelt so hoch belud und fröhlich auf dem schwankenden Ballenberg herumturnte, als wäre es ein Betonfundament, ohne dass auch nur ein Grashalm herunterfiel, dann ist mein Beladen dagegen elendiger Amateurscheiß. Wäre ich Ilse, ich hätte die eckigen Ballen rundgemacht, die einsetzende Nachtruhe lauthals in Fetzen gerissen und das Heuspielfeld stampfend verlassen. Aber das bin ich nicht!

Umhüllt von der Dunkelheit laden wir die tatsächlich letzte Fuhre ab. Als wir endlich fertig sind, krieche ich auf allen vieren Richtung Bett. Wenn ich das geahnt hätte, hätte ich zumindest eine Runde Zombieball ausgesetzt. Ich falle ich in die Falle und wenige Millisekunden später ins Heukoma.

Freitag 01.06.2018

Den Wecker hatte ich vorsorglich auf neun Uhr gestellt, um den gestrigen Tag besser verdauen zu können. Bäume ausreißen fällt heute flach. Bis ich tatsächlich aufstehe, vergeht eine halbe Stunde. Bis ich gefrühstückt habe, eine weitere. Dann mache ich mich wieder ans Projekt Hollywoodschaukel.

Doch dem Bandschleifer geht es trotz verlängerter Nachtruhe nicht besser. Er qualmt bläulich aus den Lüftungsschlitzen, riecht entsprechend kunststoffverkokelt und hört sich an, als würde er gleich den Motor auskotzen. Na toll, jetzt habe ich zwei Böcke zum Ablegen der Leisten, aber nichts mehr zum Schleifen. Mist!

Ich latsche arbeitssuchend über den Hof und schaue mir das renovierungsbedürftige Hühnerhaus an. Mein Fazit nach wenigen Sekunden: Keinen Bock! Also frage ich Berit, was ich tun kann und werde prompt wieder ans Hühnerhaus verwiesen. Mist! Ich greife zur Motorsense, schlage mir einen Weg durchs wuchernde Grün rings um das Konstrukt und dazu einen Bewegungsradius drum herum. Dann plane ich die Sanierungsarbeiten und fertige eine Materialliste an. Als ich fertig bin, gibt es eine kalte Schlauchdusche, Mittagessen und ein Schläfchen. Das ist meine neue Siesta-Routine, die ich mir von Simon abgeschaut habe. Normalerweise werkle ich danach weiter bis zum Abendbrot. Aber heute stehen fette graue Gewitterwolken am Himmel, die an Lehnitz vorbeiziehen, wie ich an der Arbeit vorbeiziehe. Nachdem ich das Hühnerhaus mit dem Traktor an den neuen Bestimmungsort bugsiert habe, setzt nun doch der Regen ein, der scheinbar ebenso demotiviert ist, wie ich es bin. Dafür hat er in den letzten Tagen die umliegenden Regionen überflutet. Etwas später am Abend wird er gar nicht weit von hier einen Abschnitt der Autobahn unter Wasser setzen.

Während der Regen vor sich hin plätschert, versuche ich, den Bandschleifer wiederzubeleben. Ich zerlege ihn in seine Einzelteile und tüftle MacGyver-mäßig zwei Stunden lang herum, bis sich der Motor wieder geschmeidig dreht. Entsprechend erwartungsvoll starte ich einen Probelauf, den der Bandschleifer erneut qualmend beendet. Mein technisches Verständnis gibt sich damit geschlagen und das Projekt Hollywoodschaukel liegt wieder auf Eis. Mist!

Familie Chaos fährt essen mit Oma und Opa. Für mich gibt's Stille, Stulle und Brot. Der Regen hört auf und hinterlässt eine ebenso schöne Stimmung wie Luft, die ich zusammen mit Mira für eine Kombination aus Spaziergehen und Kirschenpflücken nutze. Drei Kilo sacke ich ein, während die vierbeinige Dame geduldig wartet. Die Sonne geht langsam unter, wir gehen langsam nach Hause und ich möchte hier so langsam nie wieder weg.

Zurück auf dem Hof, koste ich die Kirschen und stelle Heinrichs eine Schüssel vor die Tür. Dann setze ich mich auf die Terrasse in die Dunkelheit und lausche dem Schnurpseln und Schnauben der Pferde. Das war zwar kein perfekter Tag, aber auf alle Fälle ein perfekter Abend – Datei > Speichern!

Dienstag 05.06.2018

Nachdem ich den gestrigen Hochsommertag für die zehnstündige Sanierung des Hühnerhauses genutzt habe, welches nun mit neuen Sitzstangen, einem Legenest und Eierentnahmeklappe ausgestattet ist, bin ich heute Morgen ziemlich geplättet. Der grau verhangene Himmel und meine aufsteigende melancholische Laune tun ihr Übriges. Kein Antrieb, kein Bock, kein nichts!

Ich schlürfe über den Hof, werkle noch die letzten Kleinigkeiten am Hühnerhaus und arbeite dann an der Hollywoodschaukel weiter, die ich bei dem sinnfreien Versuch des Traktortransports teilweise in moderne Kunst verwandle. Die Idee, Traktor zu fahren mit einem dilettantisch befestigten, sperrigen Metallgestell auf der Gabel, sollte man ohne Ausnahme direkt aus seinem Hirn streichen, erst recht an solch einem Tag. Nun kann ich zusehen, wie ich die Sache, im wahrsten Sinne des Wortes, wieder geradebiege.

Beim Mittagessen nutze ich die Gelegenheit und befrage Berit ganz nebenbei zu Ilses Patentante. Nach wenigen Minuten und den Worten „... ihr Freund ...“ hat sich die Sache erledigt. So ein Scheißtag! Ich lasse die schlechte Laune an dem verbogenen Hollywoodgestänge aus und bin einigermaßen besänftigt, als sich am frühen Abend die Sonne zeigt.

Bevor ich duschen gehe und Abendbrot esse, verschicke ich ein paar Nachrichten an Greti, Charlotte und Henrike, um meinen anstehenden Besuch in Berlin zu planen. Am Donnerstagvormittag habe ich einen Termin an der Schule zur Übergabe der Praktikumsbetreuung. Hinterher werde ich die Zeit nutzen und Greti besuchen. Sie ist die Einzige, die mich scheinbar wirklich vermisst und sich regelmäßig nach meinem Gemütszustand erkundigt. Von allen anderen meiner früheren Familie habe ich nichts gehört, gemeldet habe ich mich aber auch nicht bei ihnen. Die Wahrheit liegt wie immer in der Mitte. Hinterher schaue ich bei Henrike und Leja vorbei und übernachte dann bei Charlotte, sodass ich den Freitagvormittag mit ihr und dem kleinen Albert verbringen kann.

An dem Tag, als ich die Josef-Mayer-Klatsche erhalten hatte, ploppte eine E-Mail von Charlotte auf, in der sie und Georg fragten, ob ich Patenonkel für ihren wenige Wochen alten Albert werden möchte. Ihre Nachricht traf mich daher, als ich elendig am Boden lag, mich scheinbar kaum um mich selbst kümmern konnte und mich dementsprechend von der Nominierung komplett überfordert fühlte. Ein paar Tage später traute ich mich endlich zu antworten und bat sie, mir Zeit zu geben zum Nachzudenken. Charlotte reagierte, wie immer, verständnisvoll, mitfühlend und herzlich. Sie schrieb, dass es mir vielleicht guttäte, eine Verantwortung zum Festhalten zu haben. Seitdem kreisen meine Gedanken.

Gehe ich von meiner Theorie aus, dass es keine Zufälle gibt, hat es wohl seinen Sinn. Dennoch habe ich Angst vor der Verantwortung. Doch der Hauptgrund für mein Grübeln ist ein anderer. Charlottes und Georgs Welt ist für mich Unruhe pur. Ich habe den Eindruck, die beiden rennen durchs Leben und nehmen alles mit, was ihnen an Ereignissen und Personen über den Weg läuft. Ein normaler Tag ist bei ihnen vollgepackt mit tausend Dingen: Arbeit, Kinder, Erledigungen, Freunde, Bekannte, Familie, Feiern etc. pp. Das Ganze nahtlos hintereinander oder wahlweise gleichzeitig. In den wenigen Sekunden dazwischen telefonieren sie oder schreiben Nachrichten mit allen möglichen Leuten, wobei sie direkt die kommenden Tage durchtakten. Mein Leben fühlt sich dagegen an wie eine Fahrt mit einer klapprigen Bimmelbahn, unterbrochen von etlichen Baustellen. Und nun fragen sie mich, ob ich in ihren ICE einsteigen möchte. Tja, vielleicht zielt das Schicksal genau darauf ab. Etwas mehr Chaosresistenz für mich und einen Ruhepol für Albert. Nach dem Abendbrot räume ich die Küche auf. Auch wenn es morgen wieder genauso aussieht, so ist es doch eine schön stupide, zufriedenstellende Arbeit mit einem ganz klaren Anfang und Ende. In der Welt da draußen sieht das meist anders aus.

Donnerstag 07.06.2018

Mein Wecker klingelt um sechs Uhr. Da mein Auto noch immer keine neue TÜV-Plakette erhalten hat, bin ich auf ein Ersatzauto angewiesen. Ronny hatte mir einen schwarzen Corsa angeboten, den er eigentlich gestern Abend schon vorbeibringen wollte. Als er dies auf heute Morgen verschiebt und um sieben Uhr noch nicht da ist, werde ich etwas nervös. Doch kurze Zeit später drückt er mir den Zündschlüssel in die Hand.

Meine Aufregung leite ich direkt ins Gaspedal. Dank leerer Autobahnen gelingt es mir, den Übergabetermin an der Schule einzuhalten. Anderthalb Stunden lang überhäufen mich der Sportlehrer und die Biologielehrerin mit etlichen Praktikumsinfos. Vollgestopft sagt mein Kopf: „Das kriege ich hin!“ Mein Bauch hat keine Einwände. Die Atmosphäre an der Schule empfand ich schon damals, als ich hier meine Audio-AG startete, als sehr angenehm. Nur deswegen hatte ich diese Option überhaupt abgeklopft.

Als Nächstes hole ich Greti ab. Auf unserem Weg zum abgelegenen Luch versorgen wir uns mit ausreichend Verpflegung. Dann sitzen wir zusammen im Schatten, mampfen, schwimmen, reden, lachen, weinen und genießen die Zeit zusammen. Mein Versprechen, an ihrem Abiball teilzunehmen, ziehe ich unter Tränen zurück. Meiner Frau in einem mit Sicherheit umwerfenden Kostüm zu begegnen und dazu noch mit meiner ehemaligen Familie am Tisch zu sitzen, als wäre alles wie früher, wäre purer Selbstmord. Greti reagiert verständnisvoll. Nach zwei Stunden am Wasser fahre ich sie nach Hause und wir umarmen uns zum Abschied eine gefühlte Stunde. Dann drücke ich ihr einen Kuss auf die Stirn, steige ins Auto und frage mich, wie ich es schaffen soll, auch zu ihr den Kontakt abzubrechen.

Bevor ich mich in Maries Bude traue, sammle ich mit Leja zusammen etwas Mut im Wald. Anschließend wage ich es. Leider habe ich noch immer ein paar Sachen dort, die ich nun endlich abholen will, um mich dem erinnerungsbehangenen Ort schlussendlich zu entziehen. Marie ist auf Arbeit. Ich hatte es extra so geplant, um die Sache so kurz und schmerzlos wie möglich zu gestalten. Dem Anblick ihrer roten High Heels im Kelleregal entgehe ich trotzdem nicht. Bloß schnell wieder weg!

Als die ersten Werbetafeln auf meinem Weg in die Stadt zu Charlotte auftauchen, möchte ich am liebsten direkt umdrehen. Mein Stadthass wird jedoch von der herrlichen Sommeratmosphäre milde gestimmt. Bei diesen Temperaturen und dem warmen Licht der tiefstehenden Sonne hat sogar Berlin etwas Schönes. Als ich im Prenzlauer Berg ankomme, setze ich mich mit Charlotte auf die Terrasse und wir verkürzen unsere Nachtruhe beim Gedankenaustausch um weitere Stunden. Anschließend penne ich erledigt auf der Couch ein.

Freitag 08.06.2018

Als ich meine Augen öffne ist es neun Uhr. Eigentlich hatte ich erwartet, dass mich Alberts Gebrabbel am frühen Morgen wecken würde. In der Wohnung ist es jedoch absolut still. Scheinbar schlafen Charlotte und Albert noch oder wieder. Ich schleiche mich daher ins Bad und gehe duschen. Während mich das kalte Wasser vollends weckt, erwachen auch die beiden und begrüßen mich anschließend gutgelaunt in der Küche.

Beim Frühstück verkünde ich Charlotte, dass ich mich dazu entschieden habe, Alberts Patenonkel zu werden, obwohl ich mich momentan schon mit der Verantwortung für mein eigenes Leben überfordert fühle. Doch das Bedürfnis, ihren Wunsch zu erfüllen, ist stärker und vielleicht hat Charlotte Recht, wenn sie sagt, dass mir diese Aufgabe Halt geben kann. Verheult und schluchzend besiegeln wir die Entscheidung mit einer Umarmung.

Anschließend kehre ich der Stadt den Rücken zu und fahre zu Henrike, so wie wir es gestern verabredet hatten. Als ich ankomme, legt sie die Arbeit beiseite und nimmt sich Zeit für mich, Leja und sich selbst. Mit dem Fahrrad geht es zum Lindensee. Den Hinweg, die Ruhe am Ufer und die Rückfahrt nutzen wir zum Reden. Auf der Terrasse gibt es einen weiteren Nachschlag an Worten und Mitgefühl zu meinen aktuellen Gedanken ringsum Marie, bevor ich mich gänzlich aus Berlin verabschiede.

Für meine Heimreise nach Lehnitz wähle ich die Route abseits der Autobahn und mache am ersten Badesee einen Stopp zum Abkühlen. Danach fahre ich vier Stunden lang von Dorf zu Dorf und knipse auf halber Strecke noch eine Blitzer-Erinnerung von mir und dem schwarzen Corsa.

Samstag 09.06.2018

Ich sitze gerade im Freibad Karlsbad, was irgendwie doppelt gemoppelt ist, die Namensgeber aber anscheinend nicht störte. Mich auch nicht. Es ist kurz nach halb sieben, die Luft ist angenehm warm und die langsam untergehende Sonne scheint direkt auf meine getönten Brillengläser, durch die ich das freudige Geplansche und faule Rumgefletze beobachte.

Ein Gruppe übermütiger kleiner Jungs versucht, sich gegenseitig mit verschiedensten Wasserbombenfiguren zu übertrumpfen, ein Doppelpärchen pubertierender Teenager nutzt die Zeit für erste Annäherungsversuche und zwei mollige Damen um die fünfzig wälzen sich auf ihren großen, roten Badetüchern und gewähren ganz andere Ausblicke - apropos doppelt gemoppelt. Kurzum: Idyllischer Freibad-Alltag.

Irgendwie hab' ich Bock, was zu schreiben. Mmh, mal sehen was mein Hirn aus meinem kurzärmeligen T-Shirt schütteln kann. Wie wäre es mit ein paar Gedanken zu meinen Zukunftsplänen? Boah nee, nich' schon wieder! Dann vielleicht was über Musik? Jaa, wenn's sein muss. Citizen Cope. Habe ich neulich beim Auswählen der Mucke für die Heuernte-Diashow in meiner Musikbibliothek wiederentdeckt. Seither laufen die Songs wieder hoch und runter. Aus Neugier habe ich den Typen mal gegoogelt. Er kommt aus Texas, hat dort sein Studio und veröffentlicht seine Mucke mittlerweile nur noch auf seinem eigenen Label. Hört sich für mich so an: morgens auf der Holzterrasse mit Blick auf Kühe, Felder und Berge Kaffee schlürfen. Danach ins Studio schlürfen. Hier was klimpern, da was aufnehmen, und die Ergebnisse, natürlich wieder auf der Terrasse, mit Untermalung vom nächtlichen Grillengezirpe begutachten, während man sich auf dem langen, weißen Geländer abstützt und ein kaltes Bier schlürft. Traumhaft!

Hätte ich auch nichts dagegen. Nur leider stehen mir Cowboyhüte überhaupt nicht. Jetzt bin ich ja doch wieder bei meinen Zukunftsplänen gelandet. Na, wo wir schon mal da sind. Ab August werde ich neuer Praktikumsbeauftragte und Schulbandleiter an der Schule, nebenbei probiere ich alles aus, worauf ich Bock habe und was sich irgendwie ausprobieren lässt. Nach einem Jahr gebe ich die Stelle wieder ab und lebe allein von meinem/meinen Traumjobs als XY/Z. Dann ziehe ich hier

ins Sachsenländle, da ich komplett ortsunabhängig arbeiten kann, und bewohne mit meiner Traumfrau Schrägstrich Mutter meiner zwei, süßen Mädchen, einen alten Hof, den wir zusammen neu aufbauen. Ein Studio kommt auch rein, Cowboyhut hin oder her. Traumhaft! Na also, so einfach kann's sein.

Mittlerweile ist das Freibad Karlsbad vom heranziehenden Gewitter leergefegt. Ich harre noch aus, schließlich wollen die investierten zwei Euro fünfzig bis auf den letzten Cent ausgekostet werden. Außerdem sind verlassene Freibäder in Kombination mit grau grollenden Gewitterwolken einfach herrlich. Die kleine Tochter der Bademeisterin wartet geduldig auf Mutti, die noch mit Aufräumen beschäftigt ist. Sie lugt auf meinen Bildschirm und fragt neugierig, ob ich das alles jetzt geschrieben habe. Als ich ihr den Abschnitt zeige, den ich gerade aus meinen Gehirnwindungen gesaugt habe, sagt sie: „Ganz schön viel.“ Stimmt. Danke Hirn! Dann klappe ich den Laptop zu und schließe als letzter Gast das blaue Metallgitter des Freibads Karlsbad hinter mir. Die letzten Worte des heutigen Eintrags füge ich im Auto sitzend zu Sätzen zusammen, habe dabei die Türen weit geöffnet und genieße den kühlen Gewitterluftzug. Die Karre habe ich echt liebgewonnen, auch wenn mein grünes Traumauto sie mit Zentralverrieglung und elektrischen Fensterhebern übertrumpft.

Donnerstag 14.06.2018

Ich schaue verdutzt aufs Datum und stelle fest, dass es bereits Mitte Juni ist. Erschreckend! Das heißt, seit zwei Wochen sollte ich eigentlich schon auf Unterkunftssuche sein. Das zeigt ganz gut, wie viel Bock ich habe nach Berlin oder auch nur in dessen Nähe zurückzukehren. Naja, meine Idee ist jedenfalls, nach etwas WWOOF-ähnlichem irgendwo außerhalb von Berlin zu suchen. Denn erstens habe ich kein Geld (mein neues Halbtags-Nettoeinkommen liegt bei etwa 800 EUR), zweitens habe ich Zeit (mein Stundenkontingent beträgt 15 Wochenstunden, Schulferien ausgeschlossen) und drittens wäre etwas Gesellschaft nicht schlecht. Ich suche also Lehnitz 2. Oder anders gesagt, Kost und Logis gegen tatkräftige Unterstützung am Haus und Hof mit Berliner Schnauze.

Ach man, am liebsten würde ich hierbleiben. Das heißt nicht unbedingt, bei Familie Chaos, aber hier in der Gegend.

Längst habe ich mich in die verschlafenen Dörfchen hier verliebt, deren alte Fachwerkhäuschen sich zwischen den Bergen verstecken.

Doch ich habe die Stelle an der Schule zugesagt, also bleibe ich dabei. So bin ich eben (gibt schlechtere Charakterzüge). Abgesehen davon, habe ich erstens keinerlei Motivation, mir einen anderen Job zu suchen, und zweitens finde ich die Kombination aus Schule, Musik und organisatorischen Tätigkeiten, erst recht in Hinblick auf meine freie Zeiteinteilung und einen wirklichen Sinn weitab von Gewinnmaximierung, Marketing oder sonstigem Kapitalismusscheiß, ziemlich perfekt. Und ein paar Freunde um sich zu haben, ist auch nicht schlecht. Naja, wovor ich eigentlich Schiss habe, ist wohl die Ungewissheit und der Berg an zu bewältigenden Hürden. Ein Zuhause finden, einen zweiten Job finden ... mmh, das war's ja eigentlich schon. Klang in meinem Kopf alles viel komplizierter. Jetzt bin ich irgendwie beruhigt.

Samstag 16.06.2018

Ich sitze schon wieder im Karlsbad. Echt schön hier! Und das Feierabendticket ab siebzehn Uhr ist genau richtig, um den Tag ausklingen zu lassen. Am liebsten hätte ich Marlen mitgenommen, mit ihr Beachvolleyball gespielt, die Wasserrutsche ausprobiert oder einfach etwas rumgealbert. Marlen ist echt cool. Aber ich habe mich nicht getraut, zu fragen. Als ich neulich den Freibad-Vorschlag gemacht habe, hatte ich den Eindruck, dass es Berit nicht so recht wäre, wenn ich allein mit den

Mädels unterwegs bin. Schon gar nicht im Freibad. Vielleicht täusche ich mich, aber verstehen könnte ich es. Ich hoffe Basti weiß sein Familienglück zu schätzen. Seinem Umgang mit den vier Mädels zufolge, würde ich sagen, er weiß es. Es geistern noch viele weitere Gedankenfetzen in meinem Kopf herum, aber in den letzten Tagen, so auch heute, schaffe ich es nicht, sie in Worte zu fassen. Also starre ich weiter aufs Freibadgewusel, lasse mich ablenken und klappe schließlich den Laptop zu.

Mittwoch 20.06.2018

Mein Elan in Sachen Tagebuchschreiben geht gegen null. Wieso auch immer. Ist im Endeffekt auch egal. Ich habe gelernt, meine Launen zu akzeptieren, so wie sie eben sind, und sie nicht mehr mit energieraubenden, nutzlosen Anstrengungen in Kopf-durch-die-Wand-Manier auszugleichen. Die Motivation zum Schreiben kommt von ganz allein wieder. Außerdem scheint seit ein paar Tagen an die Stelle des Schreibens das Musikmachen zu treten. Jedenfalls hatte ich Bock dazu und habe ein paar zaghafte Versuche unternommen, etwas Neues zu kreieren oder alte Ideen weiterzuentwickeln, wenn auch ohne konkrete Ergebnisse. Auch das wird irgendwann wiederkommen, glaube ich. In Bens kleinem Büchlein gab es eine herrliche Geschichte dazu von einem Holzfäller, der bis zur völligen Erschöpfung rackert und doch mit jedem Tag weniger Bäume fällen kann. Die Moral lautet wie folgt: „Etwas gewaltsam erzwingen zu wollen, ist der verzweifelte Versuch, mit Willenskraft ein gewisses momentanes Unvermögen zu überdecken.“ Wie wahr!

Ansonsten genieße ich einfach den herrlichen Sommer in Lehnitz und zelebriere jeden einzelnen Tag mit meiner neuen Alltagsroutine. Aufstehen gegen acht Uhr, dann überschütten. Frühstücken auf der Terrasse und dazu Zeitung lesen. Arbeiten bis Berit zum Mittagessen ruft und anschließend weiter werkeln oder wahlweise ein Schläfchen mit vollem Bauch direkt im Liegestuhl auf der Terrasse. Gegen siebzehn Uhr fällt der Hammer und ich mache mich auf ins Karlsbad. Zwei Bahnen schwimmen, zweimal die achtzehn Meter lange Breitbandwellenrutsche (das Wort haben wahrscheinlich auch die Freibad-Karlsbad-Benenner erfunden) hinuntergleiten und danach oben von den Parkbänken aus das bunte Treiben, untermalt mit etwas Mucke, beobachten. Um 20 Uhr geht es auf nach Hause, Abendbrot essen natürlich wieder auf der Terrasse und zum Abschluss des Tages Fußball-WM glotzen. Was für ein Alltag! Von mir aus könnte der Sommer noch ewig so weitergehen.

In meine Routine baue ich heute vor dem Freibad noch einen Kuchenzwischenstopp im Eiscafé ein. Aus Langeweile stöbere ich dabei in meinen E-Mails und beschließe, nun endlich die geparkte E-Mail meines Vaters zu lesen, was ich bereits seit fast zwei Wochen vor mir herschiebe. Mittlerweile ist es vier Jahre her, dass wir uns das letzte Mal gesehen haben. Es war kurz nach meiner Hochzeit. Ich wollte neu beginnen, meinen Vater und seine Geschichte neu kennenlernen. Doch mein Versuch wurde abgeschmettert. Meine Fragen zu seiner Kindheit, Jugend und Familie, zählten als „Verhör“. Er stand „mit dem Rücken zur Wand“ und ich setzte ihm „die Pistole auf die

Brust“. Was ich auch sagte, meine Worte wurden solange verdreht, bis es Anschuldigungen waren, die ihn in seiner Opferrolle als Ausgestoßener bestätigten. Nach knapp zwei Stunden konnte ich nicht mehr. Ausgebrannt und betäubt ertrug ich die nun folgenden langen Monologe zu den abstrusesten Verschwörungstheorien, die bereits seit einiger Zeit die Leere seiner Welt auffüllten. In diesem Augenblick wurde mir klar, dass es keine Möglichkeit mehr gab, an ihn heranzukommen. Also machte ich das Einzige, was mir übrigblieb: mich selbst schützen und den Kontakt abbrechen.

Mein werter Sohn,

es ist nun schon eine ganze Weile her, als wir uns in Birkenstein beim Griechen verabschiedeten. Erinnerst Du dich an Deine letzten Worte?

>Ich brauche deine Hilfe nicht, ich habe inzwischen genug eigene Freunde.<

Heute würdest Du es bestimmt abstreiten, so auf mein Angebot reagiert zu haben.

Aber sei sicher, die Worte haben sich mir so fest eingebrannt, unauslöschbar, auf ewig.

Es ist schon hammerhart, so ganz locker und flockig mitgeteilt zu bekommen, dass der Mohr seine Schuldigkeit getan hat und nun gehen kann ... da er sowieso nicht zum Freundeskreis gehört.

Langsam vergeht die Zeit des Wartens und es beginnt die Zeit des Vergessens. Das wird nie ganz gelingen, wie sollte es auch. Leider kann ich Dir nicht ersparen, dass Du noch einmal etwas für mich tun musst. Ich bin inzwischen 66, regelmäßiger Arztbesucher und Tablettenfresser, ewig wird das nicht weitergehen.

Hoffentlich überrollen mich die Ereignisse nicht eines Tages, ohne dass ich alles so weit vorbereiten kann, was geht. Du wirst, wenn alles so funktioniert, wie ich es geplant habe, zwar eine Nachricht von meinem Tod bekommen, musst Dich aber nur um die Haushaltsauflösung kümmern und (eventuell) das Haus verkaufen.

Alle notwendigen Informationen werden hier hinterlegt. Der Nachbar hat einen Schlüssel.

Alles andere wird ohne weitere Beteiligung geschehen. Es gibt keine Trauerfeier, keine Beerdigung, keine Grabstelle. Dein Vater wird sich ganz sacht verkrümeln und Dir nur wenige Sorgen hinterlassen. Es bleiben keine Kosten, keine lästigen Pflichten.

Du kannst also Deinen Kindern, Enkeln und allen Freunden erzählen, wie tapfer und einfallsreich Du Deinen alten Herren abserviert hast. Bravo! Gleichzeitig wird es ihnen eine Warnung sein: Wer die Familie verlässt, egal aus welchen Gründen, wird eiskalt ausgesondert, ausgeschlossen, vergessen.

Deine Mutter hat eigentlich alles dafür getan, dass ich es nicht weiter aushalten konnte.

Über die Einzelheiten haben wir mehrfach gesprochen und so richtige Gegenargumente kamen da eigentlich nicht. Es ist also wirklich so, dass meine Familie mir kein eigenes Leben zubilligt. Ente oder Trente. Und wer mich kennt, kann meine Entscheidung verstehen. Ich wollte nicht mit 47 mein Leben abschließen, um dann auf der Couch vor dem Fernseher zu sterben.

Das ist noch heute meine Ansicht. Was ich damals kaum glauben konnte: Es gibt ein Leben ohne TV. Ohne kleine und große Saufereien, Chauffeurdienste, ohne dämliches Geschwätz der buckligen Verwandtschaft -Fremdschämen eingeschossen-, ohne offen geäußerte rassistische, ja faschistoide Gedanken und inhaltsleere gegenseitige Beteuerungen der -nicht vorhandenen- Wertschätzung. Wie ich es hasste.

Der andere Typ, der mich da -gegebenenfalls- durchfüttern wollte, hat es ja auch bis heute nicht vermocht, eine einfache und verständliche Erklärung seiner Entgleisung zu finden. Es ist schwer, um Verzeihung zu bitten. Dazumal genau den Menschen, der einen selbst durchgefüttert hat. Ganz einfach so, aus Sympathie, Liebe, Menschlichkeit. Egal, such Dir was aus.

Aber seine selbstbestätigte, überragende soziale Kompetenz (seine eigenen Worte) wird ihm bestimmt den richtigen Weg weisen.

So sollte ich, nach seiner Meinung, seinen Sohn als meinen Enkel „anerkennen" ... Wie, bitte, soll ich ein Kind als Enkel anerkennen, wenn ich nicht weiß, ob dessen Vater immer noch mein Sohn ist? So verpufft die kleine, aber üble Erpressung.

Solche Denkungsweise hat bestimmt mit der überragenden Sozialkompetenz zu tun. Dann habe ich lieber keine.

So kann ich nur hoffen, dass ihr eine einigermaßen angenehme Kindheit hattet. Trotz aller politischen Turbulenzen, frei von materiellen Sorgen und mit einer Schulausbildung, auf der man aufbauen konnte. Das alles ist ja heute nicht immer selbstverständlich.

Dein Vater

Wie die traurige Geschichte meines Vaters enden wird, weiß ich schon jetzt. Wie sie in seiner Kindheit begann, in seinen Jugendjahren weiter Fahrt aufnahm und ihn als Erwachsener überrollte, kann ich nur aus Bruchstücken zusammensetzen. Die Kurzform lautet: als erstes verbannte er seinen eigenen Vater aus seiner Welt. Verständlich, weil er ihn als Kind regelmäßig verprügelt hatte. Dann folgte, über einen Zeitraum von mehreren Jahrzehnten, seine Mutter, seine zwei Schwestern, seine Frau, mehrere neue Lebenspartnerinnen, sein Stiefsohn, sein leiblicher Sohn und irgendwann dazwischen ebenso jegliche Bekannte, Kollegen oder Freunde, falls er überhaupt jemals welche hatte. „Nichts wünscht man sich sehnlicher als das, was man strikt ablehnt oder verurteilt.", sagte Marianne neulich auf unserer Fahrt nach Dresden. Nebenbei bemerkt, der Geburtsort meines Vaters. Genau deswegen kämpfe ich mit aller Kraft und jeden Tag aufs Neue dagegen an, mich in meiner kleinen Welt zu verstecken - und sie stattdessen zu öffnen, wo es nur geht. Auch wenn es oft nur ein paar Millimeter sind. Eine bessere Motivation, als die, die Geschichte meines Vaters enden zu lassen, anstatt sie zu wiederholen, gibt es nicht!

Freitag 29.06.2018

Heute Morgen bin ich merklich angeschlagen. Basti hatte gestern einen Kubikmeter Beton liefern lassen, mit dem wir die halbhohen Wände des alten Pferdestalls bzw. der zukünftigen Unterbringung der neuen Bandpresse erneuerten. Als wir fertig waren, beeilten wir uns, den übriggebliebenen halben Kubikmeter überall da zu verteilen, wo es Sinn machte bzw. wo unsere Augen zuerst hängenblieben. Im Anschluss werkelte ich noch etwas am neuen Pferdestall und wollte gerade geplättet Feierabend machen, als Basti fragte, ob wir noch das Schwerlastregal im alten Kuhstall aufbauen können. Mein Mund sagte wiedermal a, bevor mein Kopf überhaupt überlegt hatte, ob es nicht besser wäre, das auf morgen zu verschieben. Also verschiebe ich heute stattdessen das Aufstehen von acht auf neun Uhr und frühstücke danach erst einmal in aller Ruhe.

Nach dem Zähneputzen überlege ich, ob ich mich wieder hinlege oder doch lieber meine Latzhose anziehe und zumindest mit halber Kraft weiter am neuen Pferdestall baue. Bett oder Pferdestall? Pferdestall oder Bett? Ich entscheide mich für Sonne, Stall und Schrauben. Gemächlich schlürfe ich mit meinem vollgepackten Werkzeugeimer die Hofeinfahrt hinunter zu der gegenüberliegenden Weide und lasse dabei meinen Blick über die grüne Dorflandschaft schweifen. Gute Entscheidung!

Nach zwei Stunden ist die Hilfskonstruktion fürs Stalldach fertig, gerade als Berit und die Mädels von der Zeugnisvergabe wiederkommen und wenige Minuten später zum Mittagessen rufen. Mit gefülltem Bauch verbringe ich zwei weitere Stunden in Gesellschaft des Akkuschraubers und setze mich danach zum Zeitunglesen auf die Terrasse. Die Fußballweltmeister von 2014 sind auf dem erbärmlichen letzten Gruppenplatz gelandet und erreichen daher mit gesenkten Köpfen den Flugplatz in Frankfurt am Main. Einmal mehr aufstehen als hinfallen. Da ist es wieder und scheint auch überbezahlte Profisportler nicht zu verschonen. Den Rest des Nachmittags glotze ich vom Liegestuhl aus abwechselnd auf die Weide, auf meinen Laptop und den Sonnenuntergang.

Sonntag 30.06.2018

Seit gestern ist Ben wieder zu Besuch im Lehnitzparadies. Diesmal begleitet von meinem kleinen Neffen Timo. Nachdem wir zu neunt gefrühstückt haben, was hier irgendwie normal ist, steht das Kaninchenfüttern hoch im Kurs. Timo steckt den mummelnden Käfigbewohnern mit Begeisterung und Ausdauer Löwenzahnblätter durch die Gitterstäbe. Als Nächstes spielen wir zusammen mit Ilse und Emma Fußball auf dem Reitplatz. Wobei sich Timo ein ums andere Mal bockig zu Boden wirft, wenn ihm der Ball durch die Lappen geht. Von Ilse hingegen gibt es keinen einzigen Wutanfall. Es scheint, als gäbe sie die Rolle heute gern ab.

Am Nachmittag starten Emma und Timo eine Fahrradtour zur ehemaligen Kita im nächsten Dorf. Ben, ich und meine Kamera begleiten sie zu Fuß. Nach einer halben Stunde und einigen Fotos auf dem Weg erreichen wir die schöne alte Schule, die seit dem Auszug der Kita vor ein paar Jahren leer steht. „Gott zur Ehre, der Jugend zur Lehre“, steht über der Eingangstür. Bens Aufforderung, sie zu kaufen, würde ich zu gern folgen. Fragt sich nur, wovon und wofür. Timos Jammern, als wir uns schließlich verabschieden müssen, kann ich gut nachvollziehen. Ich möchte auch nicht nach Hause zurück.

Während die beiden den Weg nach Berlin bestreiten, hole ich etwas Schlaf nach, bis der Abendbrottisch gedeckt ist. Anschließend schauen wir gemeinsam, wie Russland im Elfmeterschießen Spanien von der WM nach Hause schickt. Tja, die wären wahrscheinlich auch lieber dageblieben.

Montag 02.07.2018

Der erste Ferientag der Mädels beginnt mit enormem Tatendrang und großen Plänen. Noch am Frühstückstisch schreiben sie eine lange Liste mit verschiedensten Vorhaben zum Füllen der kommenden unterrichtsfreien Wochen. Entgegen meiner Erwartung sind darunter Dinge wie: Geschirrspüler ausräumen und Zimmer sauber machen. Meine Verwunderung darüber verheimliche ich ihnen, um ihre Motivation nicht zu bremsen. Dass ich mir im Aufräumwettkampf des Hauses seit meiner Ankunft einen uneinholbaren Vorsprung erarbeitet habe, lasse ich ebenfalls unter den Tisch fallen.

Apropos fallenlassen. Noch bevor die Tinte auf ihrer Aufgabenliste getrocknet ist, lassen die Mädels jegliche Frühstücksutensilien stehen und liegen. Ich rette also das Schokomüsli vor der Sonne und den Schinken vor Kasimir, womit unbemerkt zwei weitere Aufräumpunkte an mich gehen.

Nach dem Zähneputzen stürze ich mich in die Arbeit. Der neue Pferdestall misst neun mal sechs Meter. Ein paar Tage zuvor hatte ich zusammen mit Basti, Traktor und Erdbohrer zehn ausrangierte Telefonmasten im Boden versenkt, die nun die Unterkonstruktion für das Dach tragen sollen. Theorie und

Praxis liegen heute jedoch extrem weit auseinander. Es gibt weder einen passenden Bohrer für den Akkuschrauber, mit dem sich die 25cm dicken Masten durchdringen lassen, noch eine funktionierende Steckdose in Reichweite, um auf die Bohrmaschine auszuweichen. Schließlich leihe ich mir Simons zwanzig Jahre alten Hilti-Knochen und eiere entsprechend nach jedem zweiten Loch zwischen Aufladestation und Pferdestall hin und her. Die Zeit dazwischen nutze ich, um die Gewindestangen auf Maß zu schneiden und anzubringen. Nach neun Stunden ziehe ich die letzte Mutter fest und gehe zufrieden duschen.

Familie Chaos ist fast vollständig zum Grillen ausgeflogen. Die Einladung zum Mitkommen hatte ich, meinem Dachprojekt zuliebe, dankend ausgeschlagen. Abgesehen davon, ist es eine willkommene Abwechslung, das Abendbrot mal wieder allein genießen zu können. Ich mache es mir in der Küche gemütlich und schaue Belgien gegen Japan auf dem Laptop. Bevor ich mich ins Traumland verabschiede, schreibe ich noch meine Ferienaufgabenliste: Pferdestall bauen, Hollywoodschaukel reparieren, Trampolin reparieren, Volleyballnetzhalterung bauen, zu viel Alkohol trinken mit Basti & Berit + Simon & Marianne, Welt retten.

Freitag 06.07.2018

Ich staune, als ich heute Morgen verschlafen in die Küche taumle und Basti im Aufräumwahn vorfinde. Er scheint seine Ordnungspläne ernst zu nehmen und poliert die Küche auf Hochglanz. Berit ist ebenfalls perplex, als sie wenige Sekunden später dazukommt und seine Putzpower bestaunt. Hmm, sollte Familie Chaos sich tatsächlich noch zu Familie Schöner Wohnen transformieren? Ich bleibe skeptisch, wenn auch optimistisch skeptisch!

Nach dem Frühstück und dem anschließendem Einkauf beim Sägewerk baue ich weiter am Pferdestall und schleife außerdem die Leisten der Hollywoodschaukel, bis erneut Besuch in Lehnitz eintrifft.

David, Katja und ihr kleiner Felix besuchen mich übers Wochenende. Anfang Juni hatten wir uns lose am Telefon dazu verabredet. Ihre Ankunft erwartete ich dann mit gemischten Gefühlen. Die Art und Weise, wie sich David ein paar Monate zuvor von unseren gemeinsamen Musikplänen verabschiedet hatte, hinterließ einen großen Batzen Enttäuschung bei mir.

Zum Ankommen spazieren wir gemeinsam eine Runde ums Dorf. Felix nehme ich dabei auf meinen Arm, was seine knallblauen Augen zum Staunen bringt. Ganz ohne zu fremdeln oder zu plärren, verfällt er dem interessierten Beobachten meinerseits sowie der ungewohnten Umgebung.

Als wir auf den Hof zurückkehren, stelle ich der kleinen Familie die Chaos-Gang vor, die ihre und meine Gäste wie immer herzlich, gastfreundlich und selbstverständlich chaotisch begrüßt. Bastis Fleißleistung von vor wenigen Stunden ist der Küche nicht mehr anzumerken. Berit und die Mädels haben sie kurzerhand in ein Schlachtfeld aus Backzutaten, schmutzigen Küchenutensilien und verschüttetem Allerlei verwandelt. Mittendrin im Backmassaker sitzt Berit und lackiert sich entspannt ihre Fußnägel. Willkommen zu Jubel, Trubel, Heiterkeit!

Fremde Personen mit Wattepads zwischen den Zehen zu begrüßen, bedarf einer Entspanntheit, die wohl nur wenige Menschen besitzen. Für Berit und Basti ist es normal. Das mag ich sehr! Auch David und Katja bemerken die lockere Stimmung, so dass wir uns ohne Krampf unterhalten und auf der Terrasse beim Kaffee-Abendbrot zusammensitzen.

Als es langsam dunkel wird, gehe ich noch eine Runde allein mit David über den Hof. An der Feuerstelle setzen wir uns. Ich nutze die Gelegenheit und spreche offen aus, was mich an seinem Verhalten geärgert und enttäuscht hat. Ruhig legen wir beide unsere Karten auf den Tisch und tauschen unsere Gedanken dazu aus, so dass meine Anspannung nach wenigen Minuten verflogen ist. Jetzt kann ich den Besuch ohne Grummeln genießen.

Dienstag 10.07.2018

Ich fühle mich, als würde ich auf eine Sanduhr starren und allein durchs Glotzen das Rieseln zum Stehen bringen wollen. Meine Tage in Lehnitz sind gezählt und mit jedem weiteren, der vergeht, frage ich mich umso mehr, wieso ich hier weggehen sollte. Eine sinnvolle Antwort darauf gibt es nicht. Der Arbeitsvertrag der Schule liegt bereits seit über einer Woche rum, ohne dass ich es geschafft habe, ihn zu unterschreiben und in den Briefkasten zu werfen. Das sagt wohl alles!

Freitag 20.07.2018

Trampolinreparatur und weitere Umbauten des alten Pferdestalls zur neuen Kelterei stehen heute auf dem Tagesplan. In den letzten zehn Tagen ist hier einiges passiert. Beim Ausheben des Bodens kommt ein altes AWO-Motorrad zum Vorschein. Rohre und Leitungen wurden verlegt. Ich habe die Durchbrüche im Keller geschlaghämmert und zusammen mit Basti und Berit sechzig Quadratmeter Stallwand verputzt. Jetzt wird bereits gepflastert. Die neue Kelterei ist fast fertig. Der neue Pferdestall mit Reitkammer ist es auch bald. Der Bau hat einige Fuhren Schalenbretter sowie 800 Schrauben verschlungen.

Nachdem ich den Arbeitsvertrag der Schule nun einige Wochen lang erfolgreich ignoriert hatte, habe ich ihn vorgestern unterschrieben und abgeschickt. Die Gründe dafür sind einzig und allein meine Steinbock-Charaktereigenschaften. Die lesen sich im Übrigen so:

Steinbock-Männer sind die Hüter des Gesetzes – denken sie jedenfalls. Deshalb tun sie sich auch nicht schwer damit, andere auf ihr Fehlverhalten hinzuweisen. Selbst sind sie stets bemüht, alles richtig zu machen und nicht aus der Reihe zu tanzen. Das ist auch der Grund, warum sie von manchen für langweilig gehalten werden. Sie neigen auch tatsächlich dazu, ihre Pflichten zu verbissen anzugehen und sind eher ernst. Doch kann Herr Steinbock auch einen sehr trockenen Humor entwickeln, mit dem er andere zum Lachen bringt. Man muss es eben nur schaffen, ihn aus der Reserve zu locken.

Steinbock-Männer haben meist eine starke praktische Veranlagung, weshalb sie gute Handwerker und Heimwerker abgeben.

Im Job bringen es die fleißigen Steinbock-Männer weit. Sie sind überaus ehrgeizig und beweisen einen langen Atem und viel Durchsetzungsvermögen. Nicht selten sind sie in Führungspositionen zu finden. Sie arbeiten lieber für sich, Teamwork ist nicht ihr Ding. Denn wer weiß, ob der andere auch so korrekt und verlässlich ist wie man selbst. Herr Steinbock ist nämlich schon manchmal ein wenig misstrauisch. Deshalb braucht es auch so lange, bis man sein Vertrauen gewonnen hat. Er verliebt sich nicht schnell. Doch wenn er sein Herz vergibt, dann für immer.

Unfassbar! Woher wissen die das? Geht aber noch weiter:

Immer mit der Ruhe, hier soll nichts durcheinandergebracht werden. Der Steinbock weiß, was zu tun ist, aber das kann dauern. Schnellschüsse gibt es bei ihm nicht, alles wird tausendprozentig gemacht. Das gilt für seine Arbeit, seinen Haushalt und seine Beziehungen. Halbherzigkeit ist ein Tabu. Doch um Fehler zu vermeiden, muss er alles erst einmal strategisch anpacken, durchdenken und beobachten.

Bis er überhaupt weiß, wie er vorgehen möchte, sind die anderen schon fast durchs Ziel. Der Steinbock spricht erst mit vier Jahren das erste Wort, ist zehn Jahre lang verlobt und studiert von allen am längsten. Umwege sind seine Spezialitat, was alle machen, findet er langweilig, denn schließlich hat er seinen eigenen Kopf.

Ja, ja und ja! Kann ich alles unterschreiben. Vielleicht habe ich deswegen Marie nach Lehnitz eingeladen. Mari-

anne hatte mich ja immer wieder ermutigt. Ebenso wie Frau Brähm-von Schleinen während einer unserer Sitzungen. Geplante Ankunft ist morgen. Meine Erwartungen liegen dennoch bei null. Naja, nicht ganz ... ein paar schöne Stunden gefüllt mit Wandern, Sonne, Eis essen, lachen etc. pp. Kurz gesagt: Hier und jetzt.

Gegen achtzehn Uhr ziehe ich mit der Hilfe von Emma und Marlen die letzten Schrauben des neuen Trampolingestelles fest und werde für die schweißtreibende Arbeit mit ihrem Lachen, Springen und ein paar gelungenen Schnappschüssen davon entlohnt.

Samstag 21.07.2018

Meine innerliche Unruhe beginnt mit dem Aufwachen und steigt mit jeder weiteren Minute, in der ich Maries Ankunft erwarte, bis sie schließlich in ihrem schwarzen Alfa auf den Hof geschossen kommt. Mit einem frechen Lächeln im Gesicht fährt sie die Scheibe hinunter und streckt mir auffordernd ihren Mund für einen Begrüßungskuss entgegen. Ich wehre mich nicht. Dann steigt sie aus und wir umarmen uns.

Die Begrüßung des Chaos-Clans fällt hingegen kurz aus, so dass wir etwas Verpflegung einpacken und uns direkt auf die Wanderung zum Freibad begeben. Während wir uns über Feldwege von Dorf zu Dorf hangeln, bringen wir uns gegenseitig auf den aktuellen Stand der Dinge. Maries Frage nach dem Grund meiner Einladung beantworte ich zum einen mit meinem Bedürfnis, ihr meine neue Welt zeigen zu wollen, und zum anderen mit meinem Wunsch, sie wiedersehen zu wollen, ohne dabei irgendwelche Erwartungen zu hegen. Marie ist einverstanden und froh darüber, dass es ausgesprochen ist.

Mit schmerzenden Füßen und Waden erreichen wir das Karlsbad. Zur Abkühlung schwimmen wir ein paar Bahnen und ruhen uns anschließend mit Blick auf das bunte Freibadtreiben in der Sonne aus. Mir kommt es so vor, als schwanke unsere Nähe und Verbindung seit der Begrüßung zwischen guter Freundschaft und Liebe hin und her. Die Momente, in denen ich Maries Zurückhaltung und Verschlossenheit spüre, tun weh und stimmen mich nachdenklich. Unsere Zweisamkeit zu genießen, gelingt mir dennoch. Auf dem Rückweg legen wir einen Stopp beim Eiscafé ein und laufen anschließend die letzten Kilometer zurück nach Lehnitz.

Pünktlich zum Start des Grillabends treffen wir auf dem Hof ein. Als wir mit Familie Chaos am Lagerfeuer sitzend Salat und Würstchen verputzen, holen wir das Kennenlernen nach. Maries Leidenschaft und Erfahrung in Sachen Pferden und Reiten bleibt Berit und den Mädels nicht lange verborgen. Dementsprechend prasseln tausende Pferdefragen auf sie ein, die von ihr mit Vergnügen ausführlich beantwortet werden. Theresa, Marlen und Ilse kleben förmlich an ihren Lippen, nur Emma schläft irgendwann müde auf Berits Schoß ein. Als es für die kleinen Pferdefreaks Zeit wird, schlafen zu gehen, sind zwar längst nicht alle Tipps und Tricks erzählt, doch das morgige Pferdeprogramm ist restlos gefüllt und Marie dabei vollends eingespannt.

Erschöpft gehen auch wir schlafen. Die gute Paradies-Silk-Matratze überlasse ich meiner Frau und nehme Vorlieb mit dem steinharten zweiten Bett in meinem kleinen Zimmerchen. Bevor wir die Augen schließen, kuscheln wir uns auf 80cm Schaumstoff noch für ein paar Minuten zusammen.

Sonntag 22.07.2018

Der Wecker klingelt um 8:30 Uhr. Bis neun Uhr kuscheln wir uns langsam wach und hören dabei schon das Klappern des Frühstückgeschirrs auf der Terrasse. Bastis Sonntagsbrötchen in Kombination mit seiner Barista-Leidenschaft ist der perfekte Start in den Tag. Viel Zeit für Gemütlichkeit bleibt jedoch

nicht, da die Mädels bereits unter dem Frühstückstisch mit den Hufen scharen.

Ihr Pferdeprogramm startet mit dem Reinigen und Fetten der Trensen. Ausdauernd und begeistert schrubben sie das Leder und lauschen gebannt Maries Erklärungen bei jedem Handgriff. Dann holen sie zusammen die Pferde von der Koppel und führen sie zum Anbinder am Reitplatz, wo die Vierbeiner geputzt und gestriegelt werden.

Nach dem Warmreiten geht es im Konvoi zum Galoppieren aufs Stoppelfeld. Als schließlich das Startkommando fällt und die Hufe den Boden vibrieren lassen, rennen Marlen und Emma mit den Hunden hinterher. Ich beobachte das bunte Treiben durch den Sucher meiner Kamera und halte das breite

Grinsen aller Beteiligten auf meiner Speicherkarte fest.

Nahtlos fügt sich nun der Pferde-Führ-Wettkampf auf dem Reitplatz an. Zu meinem Erstaunen besteht Theresa sogar darauf, dass ich mitmache. Seit meiner Ankunft im April bin ich nicht gerade ihr bester Freund. Doch Maries Pferdeliebe und die Tatsache, dass sie zu mir gehört, scheint positiv auf mich abzufärben. Ein schöner Nebeneffekt meines Besuchs. Somit stört mich auch nicht, dass ich auf dem letzten Platz lande.

Bis zum Mittag dreht sich weiterhin alles ums Thema Pferd. Marie ist in ihrem Element und die Mädels nehmen sie noch immer voll in Beschlag. Schöner hätte ich es mir gar nicht vorstellen können.

Nach dem Essen machen wir es uns zu zweit auf der Hollywoodschaukel gemütlich für eine kurze Pferdeverschnaufpause. Dann folgen wir Heinrichs Einladung zum Tee. Es dauert auch hier nicht lang, bis Maries Kompetenzen wieder gefragt sind. Marianne berichtet von den Schwierigkeiten mit ihrem Haflinger. Woraufhin wir kurze Zeit später erneut auf dem Reitplatz stehen.

Gespannt schauen Marianne, Theresa, Marlen, Ilse, Emma und ich zu, wie Marie am Boden mit dem vierbeinigen Koloss arbeitet. Als er klar zu verstehen gibt, dass er einen Menschen nicht als Leittier akzeptiert, bricht Marie sofort ab. Ihre Einschätzung lautet daher, dass die Probleme nur mit einem professionellen Trainer zu lösen sind und der Umgang mit ihm durchaus lebensgefährlich ist. Marianne überrollen die Ereignisse und lassen Tränen kullern. Somit endet der wohl schönste

Ferientag der Mädels (O-Ton Berit) ungewollt emotional aufgewühlt.

Wenige Minuten später verabschiedet sich Marie von allen. Dann begleite ich sie zum Auto und schließe sie zum Abschied in meine Arme. „Warte nicht auf mich!“, sagt sie mit Tränen in den Augen und lässt somit auch mich aufgewühlt zurück, als sie einsteigt und davonfährt.

Wie betäubt streife ich über den Hof und lege mich zum Durchatmen aufs Trampolin. Ich liebe diese Frau so sehr, dass es wehtut. Dennoch habe ich keine andere Wahl, als sie loszulassen. Seit unserer Trennung ist bereits ein Jahr vergangen. Bis ich tatsächlich loslasse, werden wohl noch einige weitere vergehen müssen.

Bis zum Abendbrot habe ich mich einigermaßen gefangen. Meine Gedanken bleiben stumm, als ich am Tisch Platz nehme. Meine Traurigkeit löst sich jedoch im Gackern der Mädels auf, von dem ich mich gern anstecken lasse. Danach gehe ich auf mein Zimmer und schreibe den Tag nieder, damit er lebendig bleibt.

Donnerstag 26.07.2018

Heute bricht Familie Chaos mit Kleinbus und Wohnwagen auf in den Urlaub. Um genauer zu sein Urlaub, auf dem Bauernhof in Meck-Pomm. Klar, was sonst? Aber erst einmal frühstücken wir ein letztes Mal zusammen auf der Terrasse, wo mir die sechs einen Präsentkorb mit allerlei lehnitzschen Leckereien überreichen. Selbstgemachte Marmeladen von Berit - die ich bereits seit Wochen in rauen Mengen verschlinge; ein Glas von Heinrichs wunderbar cremigem Honig - der bei keinem Frühstück fehlte; eine Flasche Cidre - die Berits Mutter bei jedem mitgebrachten Mittagessen vehement einforderte; eine Flasche Hollunderblütensirup - von dem ich ganze Kästen geleert haben muss; und natürlich eine Drei-Liter-Packung selbstgekelterten Apfel-Saft - von dem ich lustigerweise noch keinen einzigen Tropfen gekostet habe. Die Überraschung ist gelungen und so verschlägt es mir wie immer die Sprache.

Nachdem jeglicher Stauraum vollgestopft ist mit Klamotten, Kaffeemaschine, Campingstühlen, Fahrrädern, Gummistiefeln, unzähligen weiteren Dingen eines sechsköpfigen Haushalts sowie einer Stunde Verspätung, heißt es nun tatsächlich, Abschied nehmen. Ich ringe mit den Tränen, gewinne dabei wie immer die Oberhand, schaffe es aber zumindest, Basti und Berit herzlich zu umarmen und dabei wenige dankbare Worte zu verkleckern. Die Mädels sitzen bereits seit ein paar Minuten im Bus und warten ungeduldig darauf, dass es endlich losgeht. Marlen und Emma drücke ich daher ziemlich unbeholfen so gut es geht auf ihren Sitzen. Ilse und Theresa, die sich auf der Rückbank verkrochen haben, schüttle ich nur die Hand, wobei ich auch sie gern wenigstens dieses eine Mal in den Arm genommen hätte. Ach, ich könnte mich wiedermal selbst ohrfeigen für meine emotionale Hilflosigkeit.

Noch bevor der Chaos-Clan außer Sichtweite ist, sehe ich schon, wie mir die Decke auf den Kopf fällt. Der Hof ist ohne ihr Gewusel und Geplapper nicht mehr das, was er für mich in so kurzer Zeit geworden ist: Zuhause.

Doch meine Rettung steht bereits barfuß mit dreckverkrustetem, (wahrscheinlich) grünem Shirt und (mutmaßlich) roter, kurzer Hose neben mir auf dem Hof und grinst mir ins Gesicht. Jakob ist sofort dabei, als ich ihn frage, ob er mir beim Bauen einer neuen Volleyballnetzhalterung hilft. Abgesehen von der Weltrettung, ist das der letzte Punkt auf meiner To-do-Liste und es ist gleichzeitig mein Überraschungs-Abschiedsgeschenk für die volleyballverrückten Mädels. Wir durchsuchen die Scheune und die Werkstatt nach dem geeigneten Material und finden zwei stabile Eisenrohre, zwei große Gewindehaken und einige Stangen des ehemaligen Zeltgerüstes, das schon vor langem durch einen Sturm außer Betrieb genommen wurde. Ein guter Anfang! Die Stangen haben übrigens bereits das Trampolin gerettet, sich bei der Betonverschalung im ehemaligen Pferdestall nützlich gemacht und heilen nun also auch noch das Volleyballfieber der Damen. O-Ton Basti: „Ein Glück ist das Zelt kaputtgegangen." In der prallen Mittagssonne hämmern wir die Rohre in den getrockneten, steinharten Boden. Gefolgt von Bohren, Schrauben und unermüdlichem Werkeln bis zum späten Nachmittag. Nach einem kurzen Ausflug zum Baumarkt vervollständigen wir unsere Konstruktion und vollenden das Tageswerk mit ein paar Baggerschaufeln Erde zum Ausgleichen der Unebenheiten des Spielfelds. Das Fuhrwerken mit dem kleinen Weidemann-Traktor ist Jakobs persönliches Highlight des Tages. Anstatt in den Urlaub zu fahren, fährt Jakob lieber Traktor. Wenn man beobachtet, wie seine Augen funkeln, wenn er seinem Vater auf dem Feld hilft, oder wenn man hört, wie er das Schnattern der Gänse oder das Gackern der Hühner nachmacht und dabei mit tiefschwarzen Füßen über den Hof flitzt, weiß man, er hat „das Richtige" schon längst gefunden. Als die Sonne langsam untergeht, wirft sie ihre Schatten auf ein straff gespanntes Volleyballnetz und schlaglochfreies Spielfeld.

Jakob ist stolz, überglücklich im Traktorrausch und klebt selbst noch beim Abendbrot an mir wie eine Klette. Wie wir mit dreckverschmierten Klamotten feixend durch den Baumarkt streifen, wird mir für immer im Gedächtnis bleiben. Marianne gesellt sich beim Futtern zu uns auf die Terrasse und rundet den Tag allein durch ihre liebevolle Art und ihr herzliches Lachen perfekt ab. Also, ganz so abgeneigt gegenüber einer Tochter und einem Sohn wäre ich jetzt auch nicht mehr. Was für ein wunderschöner Tag für mein Sammelalbum. Gute Nacht!

Freitag 03.08.2018

So, das war's! Mein letzter Tag in Lehnitz ist vorbei. Ich sitze in kurzer Hose und T-Shirt im Dunkeln auf dem Hof und genieße ein letztes Mal die Atmosphäre und die laue Sommerluft, während ich den Tag in Sätzen festhalte. Kasimir schleicht mir schnurrend um die Beine, als wollte er sich verabschieden, und die Grillen zirpen, als würde dieser Sommer nie enden. Ich hätte nichts dagegen. Doch alles hat nun mal ein Ende, aber damit zum Glück auch einen neuen Anfang.

Mein Wecker klingelt heute Morgen bereits um fünf Uhr. Nicht weil ich noch so viel zu tun hätte, sondern weil ich die Chance nutzen will, ein paar Fotos bei Sonnenaufgang zu schießen. Müde, aber ohne zu zögern, streife ich mir die Jogginghose und ein T-Shirt über, schnappe mir den Autoschlüssel, die Kamera, das Stativ von Basti und schaue mich erst einmal auf dem Hof um. Das Licht ist angenehm weich, doch ein richtiges Motiv finde ich nicht. Also fahre ich mit meiner Karre wenige Meter die Landstraße entlang und biege dann auf einen ansteigenden Feldweg ab. Noch nicht ganz oben angekommen, mache ich den Motor aus und warte. Leider verdecken ein paar tiefliegende Wolken die Aussicht auf die Sonne, die laut Wetter-App genau jetzt aufgeht. Naja, nicht so wild, denn ein Motiv können meine schläfrigen Augen auch hier nicht entdecken. Ich bleibe geduldig im Auto sitzen und kann ein paar Minuten später beobachten, wie sich der feuerrote Ball am Horizont innerhalb weniger Sekunden nach oben schiebt. Noch immer ist er halb verdeckt, aber beeindruckend ist das Schauspiel dennoch. Sonnenuntergänge habe ich bestimmt schon hunderte gesehen, aber Sonnenaufgänge, glaube ich, noch nie. Jedenfalls nicht so bewusst wie heute. Und auch wenn ich dabei statt aufs spiegelglatte Meer oder eine zerklüftet Bergkette nur auf ein Feld und silberne Blechsilos einer Schweinemastanlage glotze, so hat das Ganze trotzdem etwas Besonderes an sich. Das wird sicher nicht mein letzter Sonnenaufgangswecker gewesen sein.

Kurz vor halb sieben gebe ich meine Fotojagd auf. Mein Hunger treibt mich zum Bäcker und so belohne ich das frühe Aufstehen mit frischen Brötchen und Eierschecke statt Schnappschüssen. Anschließend hole ich zwei Stunden Schlaf nach und verbringe dann den Rest des Tages mit Waschen, Packen, Aufräumen und Saubermachen. Zwischendurch hole ich doch nochmal die Kamera raus und schieße ein paar Bilder von den Schwalben, die in der Reitkammer, genauer gesagt, an der Deckenlampe nisten.

Als Letztes schreibe ich der Chaos-Clique noch ein paar Zeilen zum Abschied und gehe schlafen.

Liebe Familie Chaos,

als ich am 6.4. auf Eurem Hof ankam, begrüßten mich Jubel, Trubel und Heiterkeit auf höchstem Niveau. Ihr nennt das „Alltag". Naja, so ganz überraschend war das nicht. Immerhin hatte ich mir euren Hof genau deswegen ausgesucht. Aber so schnell, wie ich mich hier wohlfühlte, so schnell vergingen leider auch die Monate.

Ich werde das bunte Gewusel, die gemütlichen Grillerchen-Abende, das schnatternde Planschen der Gänse, das laute Traktorblubbern und noch so vieles mehr vermissen. Was für ein Sommer! Was für eine tolle Zeit! Was für ein schönes und quicklebendiges Chaos!

Danke, dass ihr mich hier so herzlich aufgenommen habt und euren Hof zu meinem Zuhause gemacht habt!

Bis bald!
Christian

PS:
Als Abschiedsgeschenk habe ich noch zwei kleine Überraschungen für euch gebaut und auf dem Hof versteckt. Ohne die Hilfe von Jakob, hätte ich es jedoch nicht geschafft. Und er bestand darauf, zu schreiben, dass mehr als ein ganzer Tag Arbeit darin steckt ... naja, das und seine entflammte Leidenschaft fürs Weidemann-Traktorfahren :-)